光文社文庫

長編時代小説

阿修羅の微笑

日暮左近事件帖

『愛染夢想剣　日暮左近事件帖』改題

藤井邦夫

光　文　社

※本書は、二〇一〇年三月に廣済堂文庫から刊行された「愛染夢想剣　日暮左近事件帖」を改題し、本文の文字を大きくした上で、さらに著者が加筆修正したものです。

目次

鬼子母神
法明寺
高田馬場
江戸川
板橋宿へ
雑司ヶ谷
尾張殿屋敷
早稲田村
護国寺
音羽
日光御成街道
江戸川橋
大塚
巣鴨
赤城明神
御納戸町
石切橋
松平越前守屋敷
若宮八幡宮
神楽坂
切支丹坂
御薬園
中山道
小日向馬場
牛込御門
番町
傳通院
小石川
神明宮
白山
駒込
小石川御門
水戸徳川家
春日町
水道橋
千駄木御林
駒込追分
猿楽町
神田川
本郷
加賀前田家
根津権現
道灌山
富士見坂
霊雲寺
日暮里
神田大明神
門前町
池之端仲町
不忍池
湯島天神
昌平橋
弁天
明神下
妻恋坂
根岸
谷中本村
花房町
外神田
下谷広小路
東叡山寛永寺
内神田
和泉橋
佐久間河岸
神田相生町
下谷金杉町
御徒町
向柳原
下谷山崎町
柳原土手
三味線堀
広徳寺
馬喰町
両国広小路
幡随院
下谷竜泉寺町
甚内橋
浅草橋
米沢町
阿部川町
新吉原
千住大橋
両国橋
柳橋
新堀川
御蔵前片町
日本堤
東本願寺
隅田川
御蔵前通り
御蔵前
日光道中
小塚原
回向院
首尾の松
御米蔵
御竹蔵
浅草寺
浅草広小路
山谷町
本所
御厩河岸之渡し
雷門
駒形町
新鳥越橋
山谷堀
花川戸町
聖天町
白鬚之渡し
浅草駒形堂
南割下水
竹町之渡し
吾妻橋
今戸橋
今戸町
源森橋
竹屋之渡し
瓦町
中之郷
源森川
北割下水
小梅村
三囲稲荷
向島墨堤
長命寺
木母寺
隅田村
大横川
法恩寺橋
業平橋
寺島村

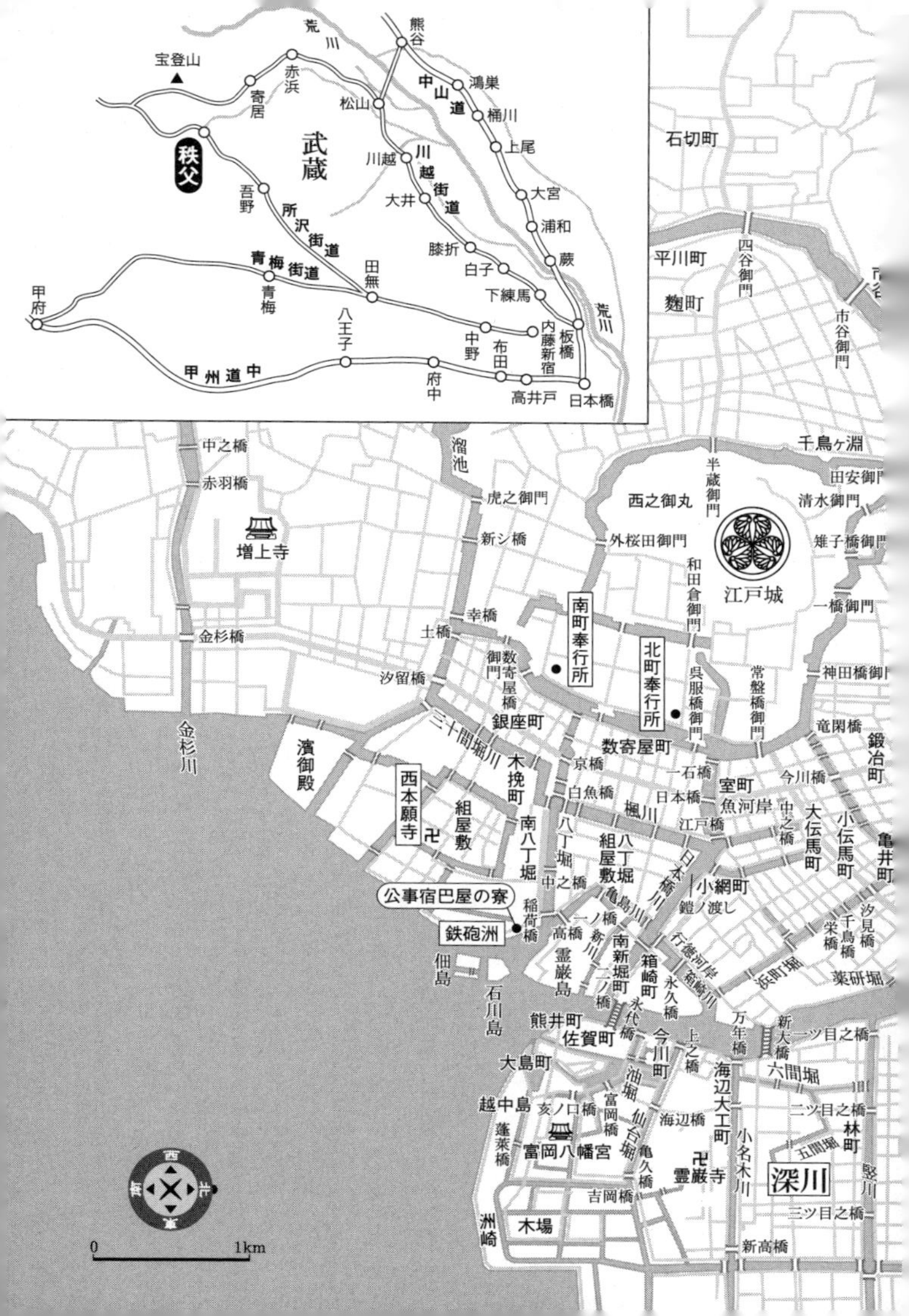
荒川
熊谷
宝登山
赤浜
寄居
中山道
鴻巣
松山
桶川
秩父
武蔵
上尾
川越
川越街道
大井
大宮
吾野
所沢街道
浦和
膝折
白子
蕨
青梅街道
田無
下練馬
甲府
青梅
八王子
内藤新宿
板橋
中野
布田
甲州道中
府中
高井戸
日本橋
石切町
平川町
四谷御門
麹町
市谷御門
中之橋
赤羽橋
溜池
千鳥ヶ淵
半蔵御門
田安御門
虎之御門
西之御丸
清水御門
増上寺
新シ橋
外桜田御門
雉子橋御門
和田倉御門
江戸城
南町奉行所
一橋御門
幸橋
北町奉行所
金杉橋
土橋
数寄屋橋御門
常盤橋御門
神田橋御門
汐留橋
呉服橋御門
銀座町
竜閑橋
三十間堀川
数寄屋町
鍛冶町
濱御殿
金杉川
京橋
今川橋
木挽町
一石橋
西本願寺
室町
白魚橋
日本橋
組屋敷
楓川
魚河岸
中之橋
大伝馬町
小伝馬町
南八丁堀
八丁堀
江戸橋
亀井町
組屋敷
八丁堀
日本橋川
小網町
公事宿巴屋の寮
中之橋
鎧ノ渡し
稲荷橋
亀島川
一ノ橋
汐見橋
鉄砲洲
高橋
新川
行徳河岸
千鳥橋
栄橋
南新堀町
箱崎町
箱崎川
佃島
霊巌島
浜町堀
薬研堀
二ノ橋
永久橋
石川島
永代橋
万年橋
熊井町
新大橋
一ツ目之橋
佐賀町
今川町
上之橋
大島町
六間堀
油堀
海辺大工町
越中島
亥ノ口橋
富岡橋
海辺橋
二ツ目之橋
林町
蓬莱橋
仙台堀
五間堀
富岡八幡宮
亀久橋
小名木川
卍 霊巌寺
深川
竪川
吉岡橋
西
北
東
南
三ツ目之橋
洲崎
木場
0
1km
新高橋

主な登場人物

日暮左近　公事宿巴屋の出入物吟味人。瀕死の重傷を負っているところを巴屋の主・彦兵衛に救われた。ただし、記憶はすべて消えており、彦兵衛によって日暮左近と名付けられた。謎の女忍びの陽炎に再三にわたり襲われてきた。

彦兵衛　馬喰町にある公事宿巴屋の主。瀕死の重傷を負っていた謎の男を救い、日暮左近と名付ける。その後、左近を巴屋の出入物吟味人として雇い、公事宿巴屋に持ち込まれるさまざまな公事の調べに当たってもらっている。

おりん　公事宿巴屋の主・彦兵衛の姪。浅草の油問屋の若旦那に望まれて嫁にいったが夫が亡くなったので、叔父である彦兵衛の元に転がり込み、巴屋の奥を仕切るようになった。

房吉　巴屋の下代。元は芝口の湯屋の若旦那だったが、博奕と喧嘩に明け暮れ親に勘当された。父親が高利貸しに身代を騙し取られ、母親を道連れに首を括ったときから、人が変わった。父親を死に追いやった高利貸しを暗殺したあと、巴屋の下代になり、彦兵衛の右腕となる。

お春　公事宿巴屋の婆や。巴屋の周りを暇人たちに見張らせている。

陽炎　秩父の女忍び。元は恋人ながら兄を殺した日暮左近を仇として再三にわたり襲う。

青山久蔵　北町奉行所吟味方与力。冷徹で悪党に容赦がなく、「剃刀」と仇名される斬れ味の鋭い男。

鳥居耀蔵　本丸目付。

阿修羅の微笑

日暮左近事件帖

プロローグ

盛夏――。

江戸の町は、近づく日枝《ひえ》神社山王権現《さんのうごんげん》の夏祭りにざわめいていた。四十五台の山車《だし》が江戸市中を練り歩くこの祭りは、将軍が江戸城内で見物したことから『天下祭り』と称され、雄大な規模を誇っていた。

日本橋《にほんばし》馬喰町《ばくろちょう》にある公事宿《くじやど》巴屋《ともえや》の奉公人たちも、婆やのお春《はる》を先頭に浮き足立っていた。

浜松町《はままつちょう》の裏店《うらだな》に住む錺《かざり》職の弥七《やしち》が、額に汗を浮かべながら巴屋を訪れたのは、そんな時だった。

「亡くなったお父っつあんの借用証文ですか」

「はい。もう十年も昔の古証文でして……いきなり持って来られて、あっしもどうしていいのか分からなくて……」

弥七は若々しい顔に困惑を浮かべて、彦兵衛《ひこべえ》の問いに答えた。

「で、古証文、亡くなったお父っつあんのものに間違いないのですか」

「ええ、借主のところに書いてある弥平次《やへいじ》って名前は親父のものですし、字も親父の手のようです」

「なるほど。で、借りた金は幾らですか」

「十両ですが、利息も十両と……」

「じゃあ、都合二十両ですか……」

「はい……」

弥七はぬるくなった麦茶を飲み、吐息を漏らした。身なりや言葉づかいから見て、弥七は若いながらも実直な錺職人のようだ。錺職人とは、金属で簪《かんざし》や金具などの細かい装飾品を作る職人である。

「それで、取立てに来たのは、梅次《うめじ》って公事師なのですね」

「はい。死んだ親父が、十年前に金を借りた相手は、日本橋にあった近江屋《おうみや》さんって呉服屋の旦那さまなのですが、店は五年前に潰れ、借用証文は巡りめぐって梅次さんの手に渡ったとか……」

巴屋などの公事宿は、公事訴訟人を専門に泊める宿で、公儀に公認された株を持っており、株仲間の組合が組織されていた。彦兵衛たち公事宿の主《あるじ》は、『免許公事師』と呼ばれ、免許を持たずに出入り訴訟に関わる者は単に『公事師』と称し、『事件屋』『示談屋』としての要素が強かった。

おそらく梅次は、潰れた呉服屋が金策のために放出した借用証文を安く手に入れ、元金十両に利息を十両として取り立て、最後には半額ほどの金で示談に持ち込むつもりなのだ。それでも証文を安く手に入れた公事師は、確実に儲かる仕組みだ。今、江戸には、梅次のようなもぐりの公事師が増え、彦兵衛たちの仕事を荒らしていた。

たとえ二十両の半額の十両でも、錺職人の弥七には大金であり、おいそれと都合できるものではない。かといって借金が、死んだ父親のものに間違いないなら、返さない訳にはいかない。

古証文は、本当に死んだ父親の残したものなのかどうか……。

もし本物ならば、出来るだけ返済額を少なくし、分割払いにして欲しい……。

弥七はそれらのことを巴屋の彦兵衛に頼みにきたのだった。

「公事師の梅次ねえ……」

初めて聞く名だった。おそらく背後には古証文を買う金主が潜んでおり、梅次は使い走りに過ぎないのだろう。

「弥七さん、引き受けてもいいが、費用はそれなりにかかりますよ」

「承知しております。あっしは今、大事な御贔屓《ひいき》さまの仕事をしておりまして、梅次さんの相手をしていられないのです。お願いです、巴屋さん。どうか引き受けて下さい」

弥七は彦兵衛に深々と頭を下げた。

「分かりました、弥七さん。お引き受け致しましょう」

彦兵衛は、弥七の依頼を引き受けた。

引き受けた理由は、もちろん弥七のためであるが、そこには公事師と称して荒稼ぎをする梅次たち無法者の始末もあった。

巴屋の下代《げだい》の房吉《ふさきち》も、梅次の名は聞いたことがなかった。

房吉は、彦兵衛の右腕と呼ばれている下代であり、やる仕事に抜け目はない。その房吉も知らない梅次には、早く逢う必要がある……。

彦兵衛は、明日から動くことに決めた。

翌日、彦兵衛が出かけようとした時、北町奉行所に行っていた下代の清次《せいじ》が駆け込んできた。

「旦那、北町の青山《あおやま》さまがお呼びですよ」

「青山さまが……」

北町奉行所吟味方与力、青山久蔵《きゆうぞう》。

冷徹で悪党に情け容赦がなく、奉行所の慣習も平然と無視し、〝剃刀《かみそり》〟と仇名《あだな》される切れ味の鋭い男であった。

その青山が理由も告げず、急いで北町奉行所に来るように清次に言付けたのだ。

彦兵衛は、巴屋の台所を切り回している姪のおりんに手伝わせて紋付羽織に着替え、女中が呼んできた町駕籠に乗り、北町奉行所に急いだ。

彦兵衛を乗せた町駕籠は、巴屋のある馬喰町を出て、伝馬町《てんまちよう》から瀬戸物町《せとものちよう》を抜け、日本橋を渡り、左手の呉服町《ごふくちよう》に入った。町駕籠は、呉服町を進んで外堀に架かる呉服橋の前で止まった。彦兵衛はそこで町駕籠を降り、呉服橋を歩いて渡った。その呉服橋御門内に北町奉行所があった。

「お前が、公事宿巴屋の彦兵衛かい」

「はい……」

彦兵衛は平伏したまま答えた。

「青山久蔵だ。ま、面《つら》、あげてくれ……」

二百石《こく》取りの直参《じきさん》とは思えない言葉遣いだった。彦兵衛はそう思いながらゆっくり顔をあげ、青山を見た。

与力の青山久蔵は、顔をあげた彦兵衛を一瞥《いちべつ》して座った。その眼差しには、親しみは無論、冷たさや侮《あなど》り、傲慢《ごうまん》さのかけらも窺《うかが》い知れなかった。

彦兵衛は、青山の次の言葉を待った。

「……弥七が人を殺したよ」

まるで昔からの知り合いが、世間話でもするような口調だった。

「弥七……」

一瞬、彦兵衛は戸惑った。

「ああ、お前の処《ところ》に借金の出入り訴訟を持ち込んだ錺職だよ」

彦兵衛に驚きが湧いた。

「あ、あの弥七さんが人を殺したのですか」

「ああ、梅次って野郎をな……」

「梅次……」

弥七に死んだ父親の残した借金の古証文を突きつけ、取立てにきたもぐりの公事師だ。

弥七が梅次を殺した……。

そして今、弥七は大番屋に留められ、北町奉行所の取調べを受けているのだ。

「昨夜遅く、芝口《しばぐち》の裏露地でばったり出逢い、借金の取立てのことで喧嘩になり、気がついたら殴り殺していた……」

「間違いないのですか」

「……一応はな」

青山の左頰が微かに引きつった。

「一応とは……」

「見ていた者もいるし、供述にもおかしな処はねえ。だが、一つだけ……」

「おかしな処、あるのですね……」

「ああ、見ていた者の証言じゃあ、弥七が梅次を殴ったのは、拳で一発……」

「一発……」

「その一発で、梅次の首が折れた……」

大の男の首の骨をたった一撃で折る……。

常人には滅多に出来ないことだ。彦兵衛の知る限り、出来るのは日暮《ひぐらし》左近《さこん》ぐらいであろう。

「大した力の持ち主なんですねぇ」

「彦兵衛、心にもねえ感心、するんじゃあねえや……」

青山の眼に子供っぽい輝きが浮かんだ。

笑ったのだ……。

思わず彦兵衛も小さく笑った。青山の笑いに釣られたのだ。それほど、邪気のない笑顔だった。

「……技だよ、技。弥七はおそらく柔術か拳法の心得がある」

「錺職がですか……」

「ああ、で、弥七をそれとなく調べたら、拳はたこだらけで、身体はまるで鋼《はがね》ときた。元は侍ぇかもな……」

「侍……」

「彦兵衛、こいつは誰が見ても簡単な殺しだ。しかしな、俺はどうもすんなりと納得できねえんだよ」

「弥七さんが、元はお侍かも知れないからですか……」

「いいや、それだけじゃあねえ……」

「では……」

「彦兵衛、殺された梅次の野郎が、古証文で借金の取立てをしたのは、今度が初めてでな。いつもは、本所界隈《ほんじょかいわい》で小銭を賭けて遊んでいる半端な博奕打《ばくち》ちだ」

「博奕打ち……」

「そいつが公事師を名乗り、古証文をたてに弥七に近づいた……」

「妙ですね……」

「ああ、彦兵衛、お前さんの公事宿には、凄腕の出入物《でいりもの》吟味人がいるそうだな」

青山は、日暮左近を知っている。

日暮左近……。

公事宿が扱う出入訴訟とは、民事関係だけだが、その裏には吟味物と呼ばれる刑事事件、犯罪が潜んでいることが多かった。彦兵衛はその探索を左近に頼んでいた。

彦兵衛は微かに緊張した。

「……凄腕かどうかは存じませんが」

「ふん、まあ、いい。こいつを見てみろ……」

小さく苦笑した青山が、彦兵衛の前に『覚書』と表書きされた小さな手控帖を放った。手控帖は遣い込まれているとみえ、黒く手垢がつき、表紙には皺《しわ》が走っていた。

「……弥七さんのものですか」

「ああ、後生《ごしょう》大事に懐に入れていた」

彦兵衛は手控帖を捲った。簪や帯留《おびどめ》などの注文や金や銀の材料の仕入れが、こと細かく見事な文字で書き込まれていた。文字からも弥七の素性が窺い知れた。

「見事な筆遣いですね、やはりただの錺職ではありませんか……」

「ああ、後ろの方を見てみな……」

彦兵衛は手控帖を捲った。

最後の方の項には、数人の女の名前と町名が列記されており、最初から五人ほどは縦棒で消されていた。

「弥七は、この女たちの中の誰かを捜していた。そう思わねえかい」

「ええ……」

弥七が女を捜していた……。

彦兵衛は、弥七の額に汗を浮かべた生真面目な顔を思い出した。

「そして、最後の項だ……」

彦兵衛は、青山に促されて最後の項を開いた。そこには、『目黒白金村神無月生まれ』と書かれ、直径二寸と記された手鏡の絵が描かれていた。手鏡の裏には、観音像とそれを取り囲む光背《こうはい》が彫り込まれていた。

「目黒白金村《めぐろしろかね》神無月《かんなづき》生まれ、十月に目黒白金村で生まれた女ですか……」

「ああ、そして裏に観音像が彫られた直径二寸の手鏡を持っている女が、残りの女たちの中にいる……」

目黒白金村で十月に生まれ、裏に観音様が彫られた直径二寸の手鏡を持っている女……。

弥七はその女を捜している。

「で、その女と弥七さん、どんな関わりがあるのですか」

「そいつは分からねえ……」

「弥七さん、言わないのですか」

「ああ、その女を見つけて、どうするかってこともな。梅次殺し以外のことは、何一つ答えやしねえ」

「そうですか……」

「彦兵衛、弥七の梅次殺しの一件には、おそらく面白え秘密が潜んでいる」

「面白い秘密ですか……」

「ああ……」

「青山さま、何故、お奉行所がお調べにならないのでございますか」

「……彦兵衛、町奉行所なんぞは、狐と狸の棲み家よ。下手に動けば、千代田《ちよだ》の城の奥からどんな化け物が現れるか分かったもんじゃあねえ。そうなりゃあ、折角の面白い秘密も面白くなくなるってもんだ。違うかい」

青山は、弥七が梅次を殺した裏に何が潜んでいるのか、薄々気づいているのだ。それが、公儀に何らかの関わりがあることも……。

彦兵衛の前に二枚の紙が差し出された。

一枚には、消されていない女たちの名前と町名が書かれていた。そして、もう一枚の紙には、直径二寸と記された手鏡の裏表の絵が描かれていた。おそらく青山が書き写したのだろう。

「残りの女たちを調べてみな。用ってのはそれだけだ」

青山久蔵は、弥七の手控帖を手にして立ち上がった。

「青山さま」

「なんだい」

「弥七さん、どうなりますか……」

「さあな。ま、何《いず》れにしろ弥七の裁きは、お前の処の出入物吟味人の探索次第だぜ」

青山は微かな笑みを浮かべて、御用部屋から出て行った。

女を捜すしかあるまい……。

十月に目黒白金村で生まれ、直径二寸の手鏡を持っている女を……。

彦兵衛は、日暮左近の顔を思い浮かべながら北町奉行所を後にした。


「……この四人の女の誰かが、裏に観音像が彫られた手鏡を持っているのですか」

日暮左近は、二枚の写しを見ながら彦兵衛に尋ねた。

「ええ、その女を突き止める」

「その女を突き止めると、どうなるんでしょう」

「分からないのは、そこなんですよ」

「北町の与力、青山久蔵ですか……」

「ええ、剃刀と呼ばれている方でしてね。役人が下手に動くと、千代田のお城に巣くう化け物が現れると苦笑いされましてね……」

「化け物ですか」

「ええ……」

中野碩翁《なかのせきおう》、水野忠成《みずのただあきら》、松平定信《まつだいらさだのぶ》……。

左近はかつて死闘を繰り広げた権力者の顔を思い描いた。彼らも権力と欲望にまみれた化け物に違いなかった。

青山久蔵が言う化け物とは、そうした権力者たちを指すのだろうか……。

何《いず》れにしろ青山久蔵は、それを彦兵衛と左近に探らせようとしているのだ。

北町奉行所吟味方与力、青山久蔵……。

左近は腹の中で呟いた。

「やっていただけますか」

「私は公事宿巴屋の出入物吟味人。彦兵衛殿の指図に従います」

「そりゃありがたい。鬼が出るか蛇が出るか、宜しくお願いしますよ」

「では、この写し、預からせていただきます」

日暮左近は、彦兵衛に断って四人の女の名前と居場所、手鏡の絵の描かれた二枚の写しを懐に入れた。

馬喰町の巴屋を出た左近は、青白い月明かりを浴びながら掘割沿いに浜町《はまちょう》に向かった。

浜町の高砂《たかさご》橋を渡り、日本橋川の鎧《よろい》ノ渡《わたし》の傍を通って箱崎《はこざき》から湊《みなと》橋を抜け、鉄砲洲《てっぽうず》波除《なみよけ》稲荷裏の巴屋の寮に帰るつもりだった。

日本橋川の川面には、江戸湊から吹きこむ潮風がさざ波を走らせていた。

左近は、日本橋川に架かる湊橋に出て、立ち止まった。

血の匂い……。

左近は、湊橋の向こうの暗がりを見た。

何者かが潜んでいるのが窺えた。

殺気は隠せても、身体に染みついている血の匂いを隠せはしない。

ただの辻斬りなのか、それとも左近と知ってのことなのか……。

何れにしろ、黙っていては埒《らち》が明かない。左近は湊橋に踏み出した。

次の瞬間、暗がりが渦を巻いて揺れ、殺気を孕んだ浪人が一気に迫り、抜き打ちに斬りかかってきた。白刃が閃き、刃風が鋭く鳴った。

左近は退《ひ》かなかった。退かないどころか、まるで刀の下に身を曝《さら》すように進み、風のように浪人の背後に出たのだ。

意外な行動だった。

浪人は狼狽《ろうばい》し、慌てて振り返った。

無明斬刃《むみょうざんじん》……。

左近の無明刀《むみょうとう》が、光芒となって閃いた。

剣は瞬速……。

浪人の刀を握る腕が、夜空に飛んだ。

腕を斬り飛ばされた浪人は、獣のような叫び声を上げて血を撒き散らし、転がるように暗がりに逃げ込んで行った。

左近は無明刀を納め、何事も無かったかのように湊橋を渡り、亀島《かめじま》川沿いの道を鉄砲洲波除稲荷の裏にある巴屋の寮に向かった。浪人は辻斬りではない。明らかに左近を狙って襲いかかってきたのだ。裏に観音様が彫られた手鏡を持つ女を探すことになった左近の命を狙ってきたのだ。

闘いは始まっている……。

得体の知れぬ敵は、おそらく錺職の弥七を監視して、彦兵衛が関わったのを知り、その動きから左近を割り出し、襲いかかってきたのだろう。

化け物……。

その言葉が、いきなり巨大に膨れあがって左近に覆い被さった。左近の肉体が、反射的に熱く滾《たぎ》った。

野性の本能が、眠りから目覚めたように……。

第一章　深川　笑う女

一

左近は永代橋《えいたいばし》を渡り始めた。

隅田川に架かる永代橋は、長さ百十間《けん》余、幅三間余りの公儀入用橋である。橋の南側には、諸国からの廻船が泊まり、囚人を伊豆《いず》七島に送る流人《るにん》船の発着所があった。

鷗《かもめ》が舞う江戸湊には、白帆を降ろした様々な船が停泊し、荷を運ぶ艀《はしけ》が忙しく行き交っている。

左近は永代橋を渡り切り、深川《ふかがわ》の地に入った。

深川は埋立地である。幕府は行徳《ぎょうとく》の塩の輸送路として小名木《おなぎ》川を開き、海岸を埋め立て、江戸に点在していた材木置場をこの地に集めた。そして、水運の良い深川には、大名や豪商の蔵が建てられ、様々な品物の集散地となっていた。

永代橋を渡った左近は、右手に進んで相川町《あいかわちょう》の角を曲がった。行く手には、参拝客の行き交う富岡八幡宮《とみがおかはちまんぐう》の一の鳥居が見えた。

左近の懐には、彦兵衛から渡された四人の女の名と居場所が書かれている写しがあった。四人の女の最初に、〝お美代《みよ》〟という名と〝深川入船町《いりふねちょう》〟と書かれていた。

深川入船町に住むお美代。

そのお美代が、目黒白金村で十月に生まれていて、裏に観音像の彫られた手鏡を持っているならば、事は簡単だ。

左近は富岡八幡宮の門前を通り、汐見橋《しおみ》を渡って木置場の片隅にある入船町に踏み込んだ。

「お美代ねえ……」

木戸番の老人は、首を捻りながら左近に尋ねた。

「歳は幾つぐらいですかね」

「さあ、歳は分からぬが、生まれは目黒白金村だ」

「目黒白金村ったってねぇ……」

「知らぬか」

「いえ、二人ばかり知っていますが、旦那の探しているお美代かどうか……」

「どのような女だ」

「へい。一人は六十過ぎの婆さんで、もう一人は十歳になる酒屋の孫娘です」

木戸番の知っている二人のお美代は、どうやら左近の探している女ではないようだ。

左近は木戸番小屋を出た。遠くから木遣《きや》りが聞こえていた。掘割の流れの奥に広大な木置場が見えた。木遣りは、木置場で働く男が歌っているのだろう。左近は木戸番に聞いた大家の家に向かった。

大家とは、借家を持つ地主に雇われ、借り手から借家代を集める家主の別名である。大家はそうした仕事の他に奉行所への連絡、お触れの伝達、出生届、死亡届、戸籍の移動、店子《たなこ》が旅をする時の関所手形を用意したりするのが役目である。

左近が、大家の家に向かって掘割沿いの道を進んだ時、女の怒声があがった。

掘割沿いの道に繋がる路地から、派手な着物を着た若い女が、商家の番頭らしき初老の男の手を邪険に振り払いながら現れた。

「じゃあ何かい、私が女房と別れたら一緒になるって言ったのは、嘘だったのか。騙したのか」

番頭風の男は、思い詰めた様子で若い女に追い縋《すが》った。

「嘘でも、騙したわけでもないわよ。あの時は本当にそう思ったのよ。でも、そのうち気が変わっちゃってさ。良くあることよ。ねっ」

「気が変わったって……」

「だって変わってしまったんだもの、仕方がないわよ。本当にごめんなさい」

若い女は笑った。美しい笑顔だった。邪気の欠片《かけら》もない笑顔だった。

嘘じゃあない……。

若い女は本当の事を言っている。決して番頭風の男に嘘をついた訳でも、騙した訳でもないのだ。左近はそう直感した。

「今更、冗談じゃあない。私は女房と別れた上に、お店《たな》のお金を持ち出してまでお前に……冗談じゃあないんだ」

番頭風の男は、血相を変え、隠し持っていた匕首《あいくち》を抜き、女に襲いかかった。

「お前を殺して、私も死んでやる」

女は悲鳴をあげ、着物の裾を乱して左近のいる方に逃げてきた。白いふくらはぎが眩しくちらついた。

追い縋った番頭風の男が、若い女の襟首を鷲づかみにして匕首を振りかざした。

若い女は、恐怖に固く眼を瞑り、声にならない叫び声をあげ、子供のように手足をばたつかせた。

番頭風の男が、匕首を振り下ろした時、左近が動いた。匕首を握る番頭風の腕が止まった。左近が寄り添うように押さえていた。

若い女は、番頭風の男の手を逃れ、倒れ込むように座り込んだ。

「離してくれ……お願いだ。離して下さい」

番頭風の男は、泣いて左近に頼んだ。

「女房と別れ、店の金を使い込んだ挙句《あげく》、人殺しになれば、惨め過ぎる……」

左近の囁きに嗚咽《おえつ》が漏れた。

番頭風の男は、手から匕首を落とし、糸の切られた操り人形のようにその場に崩れ落ちた。

「あー、怖かった。お侍さんのお蔭で殺されずに済みました。ありがとうございます」

若い女は、左近に恐怖の残る強張《こわば》った笑みを見せた。

「茂平《もへい》さん、お前さんも良かったわねえ。人殺しにならずに済んで……」

若い女は、自分を殺そうとした男を罵《ののし》りもせず、喜んだ。喜びに偽りは窺えなかった。

奇妙な女だった……。

「じゃあお侍さん、茂平さん、私はこれで失礼しますよ。ご機嫌よう」

若い女は、屈託のない笑みを浮かべて身を翻《ひるがえ》した。甘い香りが揺れて漂い、すぐに消えた。

茂平と呼ばれた番頭風の男の嗚咽が、見栄《みえ》も外聞もなく一段と激しくなった。

左近は思わず苦笑した。

若い女と茂平と呼ばれる初老の男の余りの違いに……。


深川入船町に住むお美代は二人いた。その内の一人が、目黒白金村の生まれだった。それが、大家の処で分かったことだった。

左近は、目黒白金村生まれのお美代の住む長屋に急いだ。木置場の裏にある源《げん》兵衛店《べえだな》が、お美代の暮らす長屋だった。

お美代は留守だった。

長屋のおかみさん連中に聞いたところ、どうやら仕事に行っているらしい。仕事と言っても、何処かに奉公している訳ではなく、何をしているのかはっきりとはしない。おかみさん連中は、囁き合っては下卑《げび》た笑いを見せている。

長屋のおかみさん連中から浮き上がっている……。

お美代は、何処《どこ》で何をしているのだろう。

左近は、お美代の帰りを待つことにした。

深川の木置場は、紀伊《きい》、尾張《おわり》、三河《みかわ》、遠江《とおとうみ》などから海路運ばれた材木を集積し、角材や板にしている。木置場を取り囲み、縦横に走る掘割は、材木を運搬し、火災の時の類焼を防ぐためのものである。

木々の香りが、微かに漂った。

香りの中に、陽炎《かげろう》の顔がいきなり浮かんだ。

秩父《ちちぶ》忍びの陽炎……。

左近と共に秩父の山で育った幼馴染みだ。

陽炎とは、水野忠成と松平楽翁との暗闘に絡み、出羽《でわ》忍びの総帥《そうすい》、羽黒《はぐろ》の仏と死闘を繰り広げ、辛うじて倒して以来、逢ってはいない。

今でも陽炎は、秩父忍びの総帥幻斎《げんさい》や薬師の久蔵たちと館を守っているのだろうか。

その秩父忍びの館で、左近は育ったのだ。だが、そうした記憶の一切が、左近にはなかった。

かつて左近は、羽黒の仏の術に陥った陽炎の兄と闘い、深く傷つきながらも倒した。

その時、左近は記憶の全てを失った。記憶を失った左近は、江戸に流れ着き、公事宿巴屋の主彦兵衛に助られた。そして、傷が癒《い》えてから彦兵衛の頼みにより、公事宿巴屋の出入物吟味人を引き受けた。出入物吟味人とは、民事である出入物の背後に潜む犯罪を探索するのが仕事であった。

左近は、出入物吟味人をしながら、己の記憶を探した。だが、左近は記憶が戻らないまま、己の過去を知った。

それで充分だ……。

以来、左近は失った記憶を探すのを止めた。

「左近さん」

房吉がやって来た。

「目黒白金村生まれのお美代さん、いたそうですね」

流石《さすが》に房吉は、公事宿巴屋彦兵衛の右腕と称されている下代だ。既に左近の動きを押さえてきていた。

「ですが、まだ神無月生まれで、裏に観音像の彫ってある手鏡を持っているかどうかは、分かりません」

「で、此処《ここ》で何をしているんですか」

「お美代さん、出かけていましてね。帰りを待っているんです」

「お美代なら、本所柳原町《やなぎわらまち》の料理屋で働いているそうです。帰りは遅くなるか、下手をすれば明日……」

房吉の情報収集能力は、左近の及びもつかないものだった。

「流石は房吉さんだ」

「なあに、左近さんはお侍、相手がどうしても構えちまうんですよ」

左近と房吉は、夕陽に赤く染まりはじめた深川の木置場を後にした。

二人は、福永橋《ふくながばし》を渡って横川沿いの道を北に進み、竪川《たて》に向かった。

やがて、塩や醤油、米などを定期的に運ぶ行徳船の行き交う小名木川に出る。二人は、小名木川に架かる新高橋《しんたか》を渡り、尚も北に向かった。華やかな灯りが、ちらほら見えた。

本所竪川、柳原町だった。

この町の何処かに、目黒白金村生まれのお美代がいる。

果たしてそのお美代が、神無月生まれで裏に観音像が彫られた手鏡を持っているのだろうか……。

左近は、房吉と共に竪川に架かる新辻橋《しんつじ》を渡り、夜の柳原町一丁目に入った。

四軒目の店にお美代がいた。

『大黒屋《だいこく》』というその店は、料理屋というより居酒屋だった。一日の仕事の疲れを癒すお店者と職人たちで騒がしいほどに賑わっていた。

左近と房吉は、職人たちが帰ったばかりの小上がりに落ち着き、酒を頼んだ。

濃い化粧をした酌婦たちが、蝶のように派手な着物の袖を翻し、嬌声をあげながら客の間を行き交っていた。

そして酌婦たちは、客と囁き合いながら片隅にある二階への階段をあがっていく。おそらく二階で身体を売っているのだ。

「此処の酌婦たちは、店から給金を貰わず、男と寝て稼いでいるんですよ」

房吉が酒を飲みながら教えてくれた。

この酌婦たちの中にお美代がいる……。

左近と房吉は、酌婦たちの中にお美代を捜した。

その時、下帯一本の若い職人が、悲鳴をあげて階段を転げ落ちてきた。騒がしかった客と酌婦たちが、一瞬にして静まり返った。

左近と房吉は、何が起こったのか見定めようとした。

薄汚れた着物が、階段の上から投げ落とされ、苦しく呻《うめ》く若い職人に覆い被さった。

階段の上には、襦袢《じゆばん》をだらしなく着た酌婦が、酒に酔ってふらつきながら立っていた。

左近は気づいた。

階段の上にいる酌婦は、茂平という番頭風の男に殺されかけた若い女だった。

「なんて真似しやがる、お美代」

板場から出てきた六十絡みの大黒屋の主が、階段の上にいる酌婦に怒鳴った。

「悪いのはそいつだよ。そいつが変態だから悪いんだよ」

階段の上の酌婦は、呂律《ろれつ》の廻らない酔った口調で怒鳴り返した。

「左近さん……」

「ええ……」

左近は房吉の声に頷いた。

お美代がいた……。

「そいつが大人しく済ませりゃあ、階段から突き落としちゃあいないんだ」

お美代は言うだけ言って、千鳥足で二階の奥に姿を消した。

「待ちやがれ、お美代」

大黒屋の主が、追って階段を駆け上がろうとした。

「父っつあん……」

房吉が素早く動き、主に何事か囁きながら小粒を握らせた。主は呆れたように房吉を一瞥《いちべつ》し、店の若い者たちに気を失って倒れている職人の手当てをしてやれと怒鳴り、板場に戻っていった。

吐息と笑い声が湧きあがり、店は再び賑やかさを取り戻した。

「左近さん、お美代を今晩買い切りました」

房吉が囁いた。

左近は頷き、階段を上った。

薄汚れた狭い部屋には、男と女の匂いが入り混じり、淫靡《いんび》な澱《よど》みとなって沈んでいた。

匂いの澱みの中で、お美代は酔い潰れていた。子供のようにあどけない顔だった。若い職人を階段から突き落とし、口汚く罵った酌婦とは思えない寝顔だった。

だが、襦袢のはだけた胸元から零《こぼ》れる乳房は思いのほか豊満で、白くむっちりとした両脚がむき出しにされた。呆れるほど、無防備な姿だった。

左近は、お美代を静かに揺り動かした。お美代は微かに呻き声をあげ、左近に抱きついてきた。

「お美代さん……」

左近は静かに名を呼んだ。だが、お美代は眠ったままだった。

お美代は、眠っていながらも男に抱かれることの出来る女……。

それは、お美代に潜む本能なのかも知れない。

何故か左近は、違和感を覚えた。

お美代の全てに……。

客と酌婦が、卑猥《ひわい》な笑い声をあげながら、隣の部屋にもつれるように入ってきた。やがて女の切迫した喘《あえ》ぎ声が、隣の部屋から賑やかに漏れてきた。

眼を覚ますのを待つしかない……。

左近は覚悟を決め、半裸で眠るお美代に脱ぎ捨ててあった着物をかけてやった。

左右の隣室から男女の嬌声が飛び交い、階下の店から喧騒が湧き上がってくる。

左近は窓の障子を僅かに開けた。

心地よい夜風が、ゆったりと流れ込んできた。隅田川から竪川に抜ける風が、昼間の熱気を和《やわ》らげている。

お美代は軽い寝息をたて、眼を覚ます気配はなかった。

果たしてお美代は、神無月生まれで、裏に観音像の彫られた手鏡を持っているのだろうか……。

大黒屋から帰る客と見送る酌婦の声が、夜空に響いた。その時、左近は黒い影を見た。

黒い影は、竪川を挟んだ家並みの上に佇《たたず》み、明らかにこちら側を監視していた。

何者かが俺を監視している……。

そう思った瞬間、左近に緊張が湧いた。緊張は一瞬にして殺気となり、監視をしている黒い影に届いた筈だ。

しかし、黒い影は怯《ひる》みも隠れもしなかった。

誘っている。黒い影は俺を誘っている……。

左近は静かに障子を閉め、眠るお美代を残し、薄汚く狭い部屋から消えた。

長く続く屋根の瓦は、月の光を浴び、濡れたように青黒く輝いている。

その青黒い屋根の上に、左近の姿が浮かんだ。蹲《うずくま》っていた黒い影が、待っていたかのように立ちあがり、左近と対峙《たいじ》した。

長身の黒い影は、頭巾で顔を隠し、袖無し羽織を着た武士だった。

悠然と立つ頭巾の武士は、敵意や殺気を微塵《みじん》も見せず、抜けるような青い眼で左近をじっと見据えた。

青い眼……。

左近は僅かに狼狽した。

「日暮左近か……」

青い眼の武士の低い声に敵意はなく、微かだが笑いが含まれていた。

「何者だ……」

「手を引け……」

青い眼の武士は、目黒白金村で神無月に生まれた女を捜すなと言っているのだ。

「何故だ」

「それが、お主のためだ……」

意外なほど、慈愛に満ちた声だった。左近は思わず戸惑った。

戸惑いは、左近の闘う心を萎《な》えさせた。青い眼の武士は、左近の萎えた心を見抜き、その眼に優しい笑みを浮かべた。

「そうはいかぬ……」

左近は、己を奮い立たせて言い放った。青い眼の武士の術に陥らぬためには、そうするしかなかった。

青い眼の武士の慈愛に満ちた優しさは、何者からも闘争心を奪い取る術なのだ。

「……どうあってもか」

左近は頷いた。

青い眼の武士に、微かだが初めて殺気が浮かんだ。次の瞬間、青い眼の武士は、槍の穂先のような鋭さで左近に襲いかかった。左近は咄嗟に無明刀を抜き払った。

刃の嚙み合う甲高い音が鳴り、火花が飛び散った。

左近と青い眼の武士は、風のように交錯して振り返り、再び対峙した。

初めてだった……。

無明刀と互角に嚙み合った刀は、初めてだった。左近は、青い眼の武士が秘めている不気味な力を知った。

「今夜はこれまでだ……」

青い眼の武士は、笑いを含んだ声で言い残し、夜空に大きく飛んだ。左近は追って飛ぼうとした。その時、お美代の顔が、夜空に電光のように浮かんだ。

お美代……。

左近は、掘割の向こうにある大黒屋の二階を見た。お美代がいる部屋の障子に横切る人影が映った。

出し抜かれたか……。

焦りが、左近を突き上げた。

お美代は消えていた。

大黒屋の主と酌婦たちも、お美代がどうしたか知らなかった。

酔い潰れていたお美代が、一人で何処かに行ったとは考えにくい。となると、青い眼の武士の仲間が、連れ去った可能性もある。

とにかく、お美代の住む長屋に行って確かめる必要がある。左近は、深川入船町の長屋に急いだ。

深川入船町の長屋に、お美代が帰ってきたようすはなかった。

やはり青い眼の武士の仲間が、連れ去ったのだろうか……。

左近は、お美代の家の中を手早く調べた。だが、お美代が神無月生まれという証拠も、裏に観音像の彫られた手鏡もなかった。

もし、お美代が弥七の探している女でないならば、青い眼の武士たちはどうして連れ去ったのか……。

左近は気がついた。

青い眼の武士たちも、目黒白金村で神無月に生まれた女が誰かは知らず、やはり捜しているのだと……。

左近は、武士の透きとおるような青い眼を思い浮かべた。

一体、何者なのか……。

左近は思わず身震いした。

静かに燃え上がってくる闘志に……。

二

「出し抜かれたなんて、左近さんらしくないわねぇ」

おりんが、呆れたように首を捻った。

「左近さんも私たちと同じ人間だよ。いつも上手くいくとは限らないさ」

彦兵衛が苦笑しながら窘《たしな》めた。

「でも、おじさん……」

不服げに口を尖らせたおりんは、亭主に死に別れて叔父である彦兵衛の元に戻り、巴屋の台所を一手に取り仕切っていた。

「ま、左近さんにしては珍しい事ですが……今もお美代の家を見張っていますよ」

房吉が左近の動きを伝えた。すると彦兵衛は、確かめるように房吉に尋ねた。

「それで房吉、お前は青い眼の侍を捜すのかい」

「青い眼の侍」

驚いたおりんが、素っ頓狂な声をあげた。

「ええ、その青い眼の侍ってのが、左近さんを出し抜いたらしいんですがね。旦那、青い眼の人間なんて、本当にいるんですかね」

「いる訳ないわよ。人の眼は黒かせいぜいこげ茶色。青い眼なんて……」

「いや、いるよ」

「いる」

「旦那、どんな人間ですか」

「房吉、おりん、私は昔、見たことがあるんだよ。青い眼の南蛮人をね」

「南蛮人……」

「ああ、透き通るような青い眼でね、私も驚いたよ」

「じゃあおじさん、左近さんを出し抜いたのは、南蛮人ってことなの」

「そいつはないでしょう。左近さんを出し抜いた野郎、様子や言葉におかしなことはなかったようですから……」

「じゃあ、どういうことなのよ」

「さあねえ。で、房吉、どうやって捜すんだい」

「それなんですが、本当に青い眼をしているなら、目立って仕方がありません」

「そうよ、必ず噂になるわよ」
「ですから、多少他人と違っていても目立たない処《ところ》にいるんじゃあないかと……」
「となると、両国《りょうごく》か浅草《あさくさ》の奥山……」
「ええ、見世物小屋や軽業《かるわざ》一座を当たってみようかと思います」
「うむ……」

お美代の行方は分からなかった。
左近はお美代の家の天井裏に忍び、何かが起きるのを待つしかなかった。
お美代の家には、様々な男たちが訪れた。
若い職人や火消し人足、中年のお店者や浪人……。
お美代は、その全員と肉体関係があり、何れは所帯を持つと約束しているようだった。
情が深いのか、ただの淫乱なのか。それともいい加減なのか、優し過ぎるのか……。
何れにしろお美代は、そんな女だった。そんなお美代のせいで夫婦別れをしたり、貢ぐ金欲しさに押し込みを働いた男もいた。

お美代は男を泣かせ、狂わせる女……。

左近は、お美代の美しい笑顔と、あどけない寝顔を思い出した。

深夜、お美代の家に不審な町方の男が忍び込み、家捜しをし始めた。

盗人か……。

左近はじっと見守った。

町方の男は、金や金目の物を探してはいなかった。

盗人じゃあない……。

男が探している物は、裏に観音像の彫られた手鏡なのだ。左近は気配を消し、男の動きを見守った。手鏡がないと知った男は、やがてお美代の家を出た。

左近は追った。

男の正体と背後に潜むものをつかむため……。

男は入船町を出て、富岡八幡宮の前を駆け抜け、永代橋に向かっていた。

走り方は、忍びの者のものではない。かといって、ただの盗人の走り方でもない。武術を修行した者の走り方だった。

左近は、彦兵衛に聞いた弥七という錺《かざり》職を思い出した。拳の一撃で人を殺した弥七。彦兵衛によれば、弥七の正体は武士だ。

男は、夜の闇の中を戸惑うことなく駆け抜けていく。

左近は確信した。

男は弥七同様、武士なのだ……。

若い船頭は、永代橋の下に係留してあった屋根船に乗った。

隅田川の水は冷たくはなかった。

左近は、水中に潜ったまま泳ぎ、頭上を行く屋根船に近寄った。そして、屋根船の横に顔だけを静かに浮上させ、船縁につかまった。櫓《ろ》を漕ぐ若い船頭は、背後の闇を見詰め、追跡者だけを警戒していた。

若い船頭の操る屋根船は、櫓の音を隅田川に響かせて遡《さかのぼ》り続けた。

左近は屋根船の障子の中を窺った。

障子に映る二つの人影が、行燈《あんどん》の仄《ほの》かな灯りを受けて揺れていた。


「手鏡、お美代の家にはなかったか」

「はい。隈《くま》なく探しましたが、何処にも……」

「そうか……」

「半兵衛《はんべえ》さま、やはりお美代も違うのではございませぬか」

「新八《しんぱち》、手鏡は二寸、懐にも入る。お美代が持ち歩いているやも知れぬ」

半兵衛と呼ばれた医者姿の男が、お美代の家に忍び込んだ男・新八に答えた。

左近の睨み通り、新八の正体は侍だった。そして、医者姿の半兵衛と呼ばれる男も武士に違いなかった。

左近は、微かに漏れてくる二人の会話からそう判断した。

隅田川を遡った屋根船は、やがて吾妻《あずま》橋を潜り抜けて山谷《さんや》堀《ぼり》に入り、小さな船着場に着いた。

左近は素早く屋根船を離れ、桟橋の下に潜った。若い船頭が、油断なく辺りを見廻して異常のないのを確かめ、障子の中に声をかけた。半兵衛と新八が、その声を待っていたかのように屋根船から降り、若い船頭と共に新鳥越町《しんとりごえちよう》の寺町に向かった。


寺の連なりの中に、無住の荒れ寺があった。

半兵衛たちは、勝手知ったようすで荒れ寺の崩れた土塀を乗り越えて入って行った。おそらく何度も来ているのだろう。

暗がりに潜んでいた左近が、追って荒れ寺に踏み込んだ。

血……。

微かに血の匂いが漂っていた。左近は走った。血の匂いに向かって走り、本堂の屋根に飛んだ。

荒れ寺の境内は、雑草が生い茂り、静寂に包まれていた。半兵衛と新八が、その境内で血の滴る抜き身を持った武士と睨み合っていた。若い船頭が、胸から血を流し、草に埋もれるように倒れていた。

本堂の屋根に潜んだ左近は、半兵衛たちと対峙している武士の眼が青いのに気がついた。

青い眼の武士……。

左近は思わず緊張した。

次の瞬間、青い眼の武士が、左近の潜む本堂の屋根に怪訝《けげん》な視線を送った。同時に風が鳴った。宙を飛んだ新八が、青い眼の武士に鋭い蹴りを放ったのだ。青い眼の武士が、僅かに身体を開いて新八の蹴りを見切り、刀を閃かせた。交錯した新八が、生い茂る雑草の中に着地し、前のめりにゆっくり崩れた。

「おのれ、柊右京介《ひいらぎうきようのすけ》……」

半兵衛が脇差を抜き、柊右京介と呼んだ青い眼の武士に斬りかかった。右京介は、優し気な笑みを浮かべて、半兵衛の脇差を躱《かわ》した。

「半兵衛、お主たちの企ては叶わぬ……」

「黙れ」

半兵衛が、再び右京介に斬りかかった。右京介が、無造作に半兵衛の脇差を弾き飛ばした。半兵衛は怯んだ。

右京介が一気に迫り、半兵衛の喉元に刀の切っ先を突きつけた。半兵衛は後退《あとずさ》りした。

右京介は刀の切っ先を離さず、青い眼に優しさを浮かべた。優しさは、右京介の眼を一段と深い不気味な青に変えていく。

逃げ場を失った半兵衛が、立ち竦《すく》んだ。右京介は、優しさを含んだ眼を一変させた。追い詰めた獲物を弄《もてあそ》ぶ獣のような酷薄さに溢れた眼に変えた。

半兵衛は絶望に包まれ、死を覚悟した。

左近は思わず殺気を発した。

咄嗟に右京介は、半兵衛から飛んで離れ、本堂の屋根に向かって刀を構えた。

その隙を衝いて、半兵衛が動いた。

右京介の青い眼が、僅かに光った。

左近は、尚も殺気を放ち、半兵衛を追おうとした右京介を釘づけにした。

半兵衛は逃げ切った。

右京介の青い眼には、半兵衛を逃がした悔しさが満ち溢れた。悔しさは、邪魔をした殺気に向けられた。

これまでだ……。

左近は殺気を消し、本堂の屋根から闇の彼方に大きく飛んだ。

殺気が消えた。

右京介の悔しさは怒りに変わり、やがて優しさの溢れた眼に戻っていった。

浅草から上野《うえの》に出た右京介は、湯島《ゆしま》天神の傍を抜けて神田川に架かる昌平橋《しょうへい》を渡り、駿河台《するがだい》の武家屋敷街に向かっていた。

果たして何処に行くのか……。

左近は、寝静まっている武家屋敷街の暗がりに気配を隠し、右京介を尾行していた。

柊右京介とは何者なのか……。

そして、半兵衛たちは……。

左近は充分な間を取り、慎重に尾行した。昌平橋を渡った右京介は、旗本屋敷の角を右に曲がり、月に照らされた幽霊《ゆうれい》坂をあがっていく。

何れにしろ右京介と半兵衛たちは、目黒白金村神無月生まれで、裏に観音像の彫られている手鏡を持った女を探し、命懸けで敵対しているのだ。

背後に巨大な何かが潜んでいる。

化け物……。

左近は、北町奉行所吟味方与力の青山久蔵が言ったという言葉を思い出した。

事の真相の鍵を握っているのは、目黒白金村で神無月に生まれ、裏に観音像の彫られた手鏡を持っている女なのだ。その女の可能性のあるのが、お美代だった。

今、お美代は何処にいるのか……。

その時、前方を行く右京介が、辺りを警戒し、素早く傍らの武家屋敷に入った。

静まり返っている武家屋敷は、表が長屋門の千石以上の武士のものだ。

おそらく公儀の役目に就いている旗本の屋敷……。

左近は、暗く静かな屋敷を見つめた。

「ならば、お美代と申す女、奴らの手には落ちていないのだな」

「はい、錣《しころ》半兵衛共も捜しております」

「そうか……で、右京介、そのお美代なる女が、秘密を握っている女だと思うか」

「それは、まだ……それより御前、拙者に殺気を放ち、半兵衛を斬る邪魔をしたのは、おそらく……」

「日暮左近か……」

目付の鳥居《とりい》耀蔵《ようぞう》の眼が、針のように鋭い光を放った。

「はい、日暮左近……ただの出入物吟味人ではございませぬ」

「右京介、妖怪と呼ばれた中野碩翁を醜いただの年寄りにし、権力を争った老中水野忠成と松平楽翁を、密かに死に追いやった者がいると聞く……」

「それが、日暮左近だと……」

右京介の眼の青さが、底知れぬ深さを見せた。

「確かな証拠《あかし》、何もないがな」

「御前……」

「右京介、一刻も早くお美代なる女を見つけ出し、目黒白金村で神無月に生まれ、裏に観音像が彫られた手鏡を持った女かどうか突き止めるのだ」

「心得ました」

日暮左近……。

右京介は左近の顔を思い浮かべ、青い眼に微かな嘲《あざけ》りを滲ませた。

目付鳥居耀蔵の屋敷は、昼間の暑さが気だるく澱《よど》み、静けさに包まれていた。


彦兵衛が、行燈の灯りの下に駿河台の切り絵図を広げた。

「左近さん、青い眼の侍、昌平橋を渡ってどう行ったのですか」

彦兵衛に促された左近が、切り絵図に記された昌平橋の文字の上から指を走らせ、鳥居耀蔵と記された屋敷で止めた。

「鳥居耀蔵……」

「間違いありませんね」

「ええ、この屋敷です」

「お旗本のようですね」

彦兵衛は旗本の武鑑《ぶかん》を捲《めく》り、鳥居耀蔵の名を探した。武鑑とは、武家の姓名、紋所、知行《ちぎょう》、幕府での役職などを記した書物である。

「……ありましたよ。鳥居耀蔵」

「何者ですか」

「直参《じきさん》旗本千石、公儀でのお役目は、本丸目付ですね」

「本丸目付……」

「ええ……」

目付とは、若年寄《わかどしより》の耳目となって旗本や公儀役人などの監察をするのが役目だ。役目柄、旗本の中の俊英が選ばれていた。

その目付鳥居耀蔵の屋敷に、柊右京介と呼ばれる青い眼の侍は入っていった。

「柊右京介は、目付の配下……」

「だとすれば、この一件、目付が絡んでいる訳ですね」

「つまり公儀と何処かの旗本が、密かに揉めている……」

「ええ、目黒白金村で神無月に生まれ、裏に観音像が彫られた手鏡を持っている女を巡ってね」

「彦兵衛殿、その女が揉め事の秘密を解く鍵なのでしょう」

「目付の鳥居耀蔵は、その旗本の秘密を突き止めようとしている」

それを半兵衛たちが、食い止めようとしているのだ。おそらく半兵衛たちは、その旗本の手の者で、彦兵衛に公事訴訟を持ち込んだ錺職の弥七も仲間の一人と見ていいだろう。

「どうやら、この一件の裏、微かにですが、ようやく見えてきましたね」

「ええ、まずは一刻も早くお美代を見つける。それしかありますまい」

「それにしても左近さん、右京介と半兵衛がお美代を捜しているってことは、お美代は一体誰が……」

「分からないのは、そこなのですが」

「ひょっとしたら、右京介や半兵衛の他の誰かの仕業か……」

「それとも……」

左近の脳裏に、お美代の奔放な姿と屈託のない笑顔が浮かんだ。

両国広小路には、風鈴の音や金魚売りの声が涼しげに響いていた。

房吉は広小路の雑踏を抜け、馬喰町の巴屋に向かっていた。青い眼の武士の正体が知れた今、右京介や半兵衛たちより先にお美代を見つけるのが先決だ。

巴屋には、彦兵衛と左近がこれからの事を相談しようと待っている。房吉は先を急いだ。

風が吹きぬけた。

風鈴の様々な音色が、重なり合って軽やかに鳴り響いた。

房吉は、横手に店を開いている行商の風鈴屋を見た。屋台の横木にかけられた色とりどりの風鈴が、風に短冊を揺らし、軽やかな音色を鳴らしている。揺れる風鈴越しに、若い女が風鈴を買っているのが見えた。

お美代……。

慌てた房吉が、人ごみを搔き分けて風鈴屋に走った。房吉が風鈴屋に辿《たど》り着いた時、お美代は既に風鈴を買って立ち去っていた。房吉は、辺りにお美代を捜した。だが、お美代の姿は何処にも見えなかった。

お美代だ。お美代に間違いない……。

お美代が屈託のない笑顔を見せ、風鈴を買っていたのだ。

房吉は、風鈴屋や通行人たちに聞き、お美代を捜し続けた。

三

お美代が風鈴を買っていた。

房吉のもたらした情報は、左近と彦兵衛を驚かせるのに充分だった。

「房吉、見間違いはないだろうな」

「そりゃあもう、この眼でしっかりと……」

「房吉さん、お美代に連れはいませんでしたか」

「それなんですが、連れがいた様子はなかったと思います」

お美代は誰の監視も受けず、一人で買い物をしていた。

「お美代の奴、何者かに連れ去られたのではなく、自分で出て行ったんですね」

監視者がいなく、自由に買い物をしている限り、お美代は拐《かどわか》されたのではない。房吉の言うとおり、自分から大黒屋を出て行ったと考えるのが普通だ。

だが、違う……。

「あの夜、お美代が酔い潰れていたのは確かです。そんなお美代が、店の者や客の眼に留まらず、一人で二階から出て行ったとは、どうしても考えられません」

「やはり左近さんは、誰かがお美代を連れ出したと……」

「はい。ですが、連れ出した狙いは、拐《かどわか》しでも監禁でもなかった」

お美代を連れ出したのは、柊右京介でも半兵衛と呼ばれる者たちでもなく、左近の前にまだ現れていない者なのだ。

何者が、何を狙っての仕業なのか……。

「……何れにしろ、お美代は誰かに連れ出された。だが、閉じ込められもせず、気儘《きまま》に出歩いて買い物をしている……」

彦兵衛が話をまとめ、左近に同意を求めた。

「おそらく……」

「とにかく両国ですかい」

「ええ、明日から捜してみます」

「じゃあ、あっしは時々、お美代の長屋を覗いてみましょう」

「お願いします」

「さあさあ、話はそれくらいにして……」

おりんと婆やのお春が、賑やかに酒と肴を運んで来た。

「こいつは美味そうだ。鰹《かつお》の生姜煮ですか」

房吉が喉を鳴らした。

「それに、このお春さん得意の隠元《いんげん》と小茄子の山椒《さんしょう》醤油漬けだよ。さあ、どうぞ」

おりんとお春も加わり、酒盛りが始まった。左近は壁に寄りかかり、黙って酒を飲んでいた。

「流石はおりんとお春だ。話の終わりに上手い具合に出て来るもんだよ」

「旦那、私たちに抜かりはありませんよ」

盃を空けたお春が、手酌で酒をつぎながら嬉しげに笑った。笑いは、お春の顔の皺を一挙に増やし、可笑《おか》しく不気味なものにした。房吉が思わず喉を詰まらせた。


万治《まんじ》二年、武蔵《むさし》国と下総《しもうさ》国を結ぶ橋が、大川に架けられた。その橋は、二つの国を結んだところから両国橋と称された。

両国橋の橋詰めは、火除けの空き地になっていて、江戸側は両国広小路と呼ばれる盛り場であった。様々な人々で賑わう広小路には、見世物小屋や食べ物屋などが並んでいたが、元々は火除《ひよ》け地なので建物は全て仮小屋であった。その中に彦兵衛の知り合いの茶店があり、左近がいた。

左近が、張り込みを始めて三日が過ぎた。

その間、房吉からお美代が長屋に戻ったとの報せはない。

様々な人々が、張り込む左近の前を通り過ぎていった。

飽きなかった……。

左近は茶店の床几《しょうぎ》に座り、行き交う人々を飽きることなく見ていた。

人々の顔には、様々な表情が滲み出ていた。

喜び、哀しみ、怒り……。

人々は様々な想いを胸に抱き、己の生業《なりわい》に精を出し、懸命に生きているのだ。

人は皆、何かを背負って生きている……。

左近は、〝人〟が愛しく思えた。そして、自分の背負うものが何かを考えた。

背負っているものは、何もない……。

考えるまでもなかった。記憶を失い、新たな人生に踏み出したばかりの左近には、背負うものはまだないのだ。

自分だけが、両国広小路の人込みの中で孤立している……。

左近は、そう思わずにはいられなかった。

四度目の日暮れが訪れた。

両国橋には、大勢の人たちが長い影を伸ばして家路に急いでいた。その中にお美代らしき女がいた。いや、らしい女ではない。お美代自身だった。

小さな風呂敷包みを抱えたお美代は、両国橋を本所に向かって渡っていた。

左近は人込みを縫い、お美代を追った。

両国橋を渡ったお美代は、橋の下の船着場に降りた。船着場には、若い船頭が猪牙舟《ちょきぶね》を係留して待っていた。

「お待たせ、半次《はんじ》さん……」

お美代は、半次と呼んだ若い船頭に笑顔を向け、猪牙舟に乗り込んだ。

半次はお美代を乗せた猪牙舟を操り、大川の流れを遡り始めた。

夏の日はゆっくりと暮れる。

左近は大川沿いの道を猪牙舟を追った。幸いなことに両国橋から吾妻橋までの道は、大川沿いにあり、見通しは良かった。

お美代は、屈託のない明るい笑顔で半次に語りかけていた。

月が大川の川面に映り、波間に揺れ始めた。

左近は、公儀の材木蔵である御竹蔵《おたけぐら》の船着場に架かる御蔵橋《おくら》を渡って追った。

半次の操る猪牙舟は、吾妻橋を潜って尚も進み、佐竹右京大夫《さたけうきょうだいぶ》の下屋敷を右に折れて掘割に姿を隠した。

左近は、吾妻橋の橋詰めを駆け抜けた。そして、佐竹家下屋敷の角を曲がり、一気に源森《げんもり》橋を渡り、薄暗い掘割にお美代の乗った猪牙舟を探した。掘割を行く猪牙舟はなかった。

何処かの桟橋に係留されたのか……。

左近は、水戸《みと》家下屋敷の塀沿いを走り、掘割の向こう岸に連なる中之郷《なかのごう》瓦焼場を見た。お美代を乗せた猪牙舟は、何処にも見えなかった。瓦焼場の中にある荷送り場に入ったのかも知れない。

左近は掘割に架かる小橋を渡り、瓦焼場に続く中之郷瓦町《かわらまち》に入った。

宵闇に包まれた中之郷瓦町には、並ぶ家の灯りとささやかな夕餉《ゆうげ》を楽しむ笑い声が漏れていた。

この町の何処かにお美代はいる。明るく楽しげに笑いながら……。

左近はそう確信した。

何れにしろ捜すのは、明日からだ……。

中之郷瓦町を出た左近は、掘割沿いの道を大川に戻った。そして、吾妻橋を渡って浅草広小路に抜け、雷門の前を左に曲がり、南に進んだ。駒形町《こまがたちょう》と諏訪《すわ》町《ちょう》を通り過ぎると、左手に幕府の浅草御蔵が見えてくる。

浅草御蔵には、各地の幕領から集められた米が納められる五十一棟の蔵が並び、三つの門と一番から八番までの船着場があった。御蔵に集められた米は、旗本や御家人に支給されていた。

左近が御蔵前に差しかかった時、虫の音がいきなり消えた。鋭い殺気が、御門の暗がりから一挙に膨らんだ。

左近は飛んだ。

数本の矢が、闇を斬り裂くように飛来し、左近のいた場所を貫いた。

夜空高く飛んだ左近が着地した。同時に覆面の侍たちが、白刃を閃かせながら殺到した。

左近は身構えもせず、両腕を垂らしたまま自然体で対した。

覆面の侍たちが、無言のまま左近の頭上に刃風を鳴らした。左近の姿が、覆面の侍たちの白刃の下に沈み、閃光が横薙《な》ぎに走った。

無明斬刃……。

次の瞬間、左近に正面から斬りかかった二人の覆面の侍が、腹から血を噴出させて独楽《こま》のように廻って倒れた。他の覆面の侍たちが、思わず後退りした。

剣は瞬速……。

左近が無明刀を手にして立ち上がった。

真っ赤な血が、無明刀の切っ先から音もなく滴り落ちた。

「何故、俺を襲う……」

覆面の侍たちの返事は、恐怖に震えた悲鳴のような気合だった。

左近は一歩も動かなかった。無明刀だけが、星のように瞬いた。

残っていた三人の覆面の侍が、首筋から血を振りまいて崩れるように倒れた。

虫の音が、地から湧きあがり、夜の静けさに広がった。全ての殺気が消えた。

左近は無明刀を納めた。

覆面の侍たちは、青い眼をした柊右京介と関わりのある者なのか。それとも、半兵衛に繋がる者たちなのだろうか。

何れにしろ目黒白金村で神無月に生まれ、裏に観音像の彫られた手鏡を持っている女に関わりがあるのに間違いはないのだ。女には、人に殺し合いをさせる秘密がある。

ただの人探しではない……。

左近は、神田川に架かる柳《やなぎ》橋に向かった。

暗がりに人影が佇み、立ち去っていく左近を見送っていた。人影は武士で、左近に気づかれぬように気配を消し、ひっそりと佇んでいた。

「どうだ、源十郎《げんじゆうろう》……」

医者姿の綴半兵衛が現れ、左近を見送っている武士に並んだ。

「恐ろしいほどの剣の力強さと速さ、ただの武士ではあるまい」

黒木《くろき》源十郎は、ようやく己の気配を露《あら》わにして半兵衛に答えた。

「ただの武士ではないだと」

「忍びの者の速さが窺えた」

「やはり忍びか……」

「左様《さよう》……で、どうする」

「このまま働かせておく」

「半兵衛殿、漁夫の利を狙うのは、おそらく柊右京介も同じ。だが、相手があの男となると、果たして狙い通りになるかどうか……」

源十郎の口元が微かに動いた。笑ったのだ。

半兵衛は緊張した。

源十郎が微かに笑う時は、相手を強敵と認めたときだけだったからだ。


お美代は、半次の汗を浮かべた身体に抱かれていた。

半次は汗を滴らせ、懸命にお美代を抱いた。

単調で退屈な動きだ……。

お美代は、半次の愛撫を懸命に感じようとしていた。半次の愛撫には、何の工夫も新鮮さもなく、力だけが溢れていた。

半次の愛撫は、何人もの男に抱かれてきたお美代にとり、稚拙なものでしかなかった。

様々な男の顔が、脳裏を過《よ》ぎった。

二十五年前の神無月、目黒白金村の百姓の娘に生まれたお美代は、十五の歳に下谷《したや》の不忍池《しのばずのいけ》の傍にあった料亭に下女奉公した。そして、料亭に出入りをしていた大工に惚れ、女になった。だが、初めての恋の幸せは、長くは続かなかった。大工は博奕《ばくち》に凝り、借金を払うためお美代に身体を売らせた。やがて、大工に棄《す》てられた時、お美代は身体一つを使って生きる女になっていた。

遊び慣れた土地の地回り。まるで拷問でもするかのように弄《もてあそ》ぶ浪人。張り型を使って執拗《しつよう》に責め続けるお店の番頭。身体中を嘗《な》め廻し、吸い尽くす歯の抜けた旗本の隠居……。

自分を抱いた男たちの顔が浮かんでは消えていった。

今、お美代はそうした男たちを忘れ去り、懸命に半次の愛撫に応えようとしていた。男の欲望のはけ口である商売女としてではなく、瓦焼場の船頭をしている半次の女房として満足しようとしていた。

私はもう金で抱かれる酌婦じゃない、堅気《かたぎ》の船頭の恋女房なんだ……。

それが、大黒屋の客としてお美代の過去を知りながら、所帯を持とうと誘い続けてくれた半次への精一杯の返事なのだ。

半次の一途な優しさは、お美代にとって生まれて初めて味わうものだった。

お美代は、半次の無骨で退屈な愛撫に応えようと、喘ぎ仰け反り、懸命に身悶《みもだ》えていた。

鉄砲洲波除稲荷の境内は、朝から眩しい日差しに包まれていた。

「本所の瓦町ですか」

「ええ、源森橋で見失いました」

「中之郷の瓦焼場の中には、焼きあがった瓦を舟に積み込む桟橋が引き込まれています。きっとそこに入ったのでしょう」

房吉が、お美代の乗った猪牙舟の行方を推測した。

「何れにしろ、お美代が瓦町の何処かにいるのは間違いないようですね。それより左近さん、御蔵前で襲いかかってきた野郎ども、青い眼の柊右京介の配下ですかね」

「違うでしょう」

「違う。どうしてです」

「柊右京介であれば、あれほどの腕の者たちを何人使っても無駄だと知っている筈です」

「なるほど、じゃあなんとか半兵衛って奴の仕業ですかね」

「房吉さん、今はそれよりお美代です」

中之郷の瓦焼場には、瓦を焼く幾筋もの煙が立ち昇っていた。

瓦職人たちは、下帯一本の半裸体になり、粘土をこねて屋根を葺《ふ》く桟瓦や軒瓦を造り、焼いていた。

左近と房吉は、瓦焼場の職人頭にそれとなく探りをいれ、瓦を運ぶ舟の船頭の名を聞き出した。

船頭は三人いた。一人は既に娘を嫁に出し、二人目は子沢山の所帯持ちだ。三人目が、半次という名の独り者だった。

左近と房吉は、半次が住んでいる中之郷瓦町に向かった。

中之郷瓦町の東の外れに盗難除けや縁結びで名高い南蔵院《なんぞういん》がある。半次の家は、その南蔵院の傍の長屋にあった。

半次の家には、誰もいなかった。時間から見て、半次は仕事に出かけているのだろう。房吉が、辺りに住むおかみさん連中に聞き込みをかけ、様々な噂を掻き集めてきた。

半次の家には、数日前から女が一緒に暮らしていた。一緒に暮らしている女が、お美代であるのは人相風体から間違いなかった。どうやらお美代は、何処かに奉公しているようだった。

お美代が酌婦を辞め、半次と所帯を持って昼間の仕事に就き、まっとうに暮らし始めたのかもしれない。

お美代は、ようやく人として背負うべき何かを見つけたのだろうか……。

そうだとしたら、喜んでやり、そっとしておいてやるべきなのだ。左近はそう思った。だが、左近がそっとしておいたところで、右京介や半兵衛が放っては置かない。それが現実である限り、左近はお美代から手を引く訳にはいかない。

半次は無愛想だが、船頭としての腕は良く、根は優しくて生真面目な男だとの噂だった。

「半次は、本当にそれだけの男なんですかね」

「どういうことですか」

「いえ、酔い潰れたお美代を大黒屋から誰にも知られずに連れ出したのなら、ただの船頭じゃあないような気がしましてね。本当に裏はないのでしょうかね」

「裏ですか……」

「ええ。半次の奴が、青い眼の野郎か半兵衛とかいう奴に金でも貰って……」

「房吉さん、もしそうだとしたら、お美代は、働きに出ていないと思います」

「さっさと片づけますか……」

「ええ、それより気になるのは……」

左近は敏感に感じていた。

何人もの視線が、密かに自分に注がれている……。

おそらく柊右京介か半兵衛なる者の配下が、お美代を発見するのを待っているのだ。

「こっちが見つけたのを、横取りする気ですかい」

「ええ……」

「だったら下手に動けませんね」

「いいえ……」

監視の眼を恐れて、お美代探しを止める訳にはいかないのだ。

公事宿巴屋の出入物吟味人の仕事を邪魔する者は、たとえ何者であろうが、情け容赦なく斬り棄てるだけなのだ。

左近は覚悟を決めていた。

「房吉さん、俺は両国橋を張り込んでみます」

奉公に出たお美代が、両国橋を通るのは既に分かっている。左近はその帰りを待とうとしていた。そこには、おそらく何も知らない筈の半次を、巻き込みたくないという思惑もあった。

「分かりました。此処の見張りは、あっしが引き受けますよ」

左近は房吉を残し、隅田川沿いの道を両国橋に向かった。

両国広小路と神田川の間に両国稲荷がある。左近はその両国稲荷の前に佇み、お美代が通りかかるのを待った。

夏の日差しが、広小路の賑わいに暑く降り注いでいる。行き交う人々は、汗を拭いながらも活気に溢れていた。

左近は待った。

こうしている間も、右京介や半兵衛たちが何処かから監視をしている筈だ。

傍らにある柳橋の船着場に、舳先に丸で囲った嶋の字の焼印を押した屋根船が着いた。屋根船を舫《もや》った船頭が、左近をちらりと一瞥し、のんびりと煙草を吸い始めた。

一刻《いっとき》（二時間）ほどが過ぎた。佇む左近には、飽きも疲れも見えなかった。風が変わり、神田川沿いの柳原通りに連なる柳を揺らした。

左近は気がついた。

風呂敷包みを抱えたお美代が、柳原《やなぎわら》通りからやって来たのだ。

右京介や半兵衛たちに気づかれる前に、お美代を確保しなければならない。

左近は、柳橋の船着場に係留されている丸に嶋の字の焼印を押した屋根船に視線を送った。

船頭の平助《へいすけ》が、素早く屋根船の舫《もや》い綱を解いた。平助の操る屋根船は、巴屋出入りの船宿『嶋《しま》や』のものだった。

左近が、中之郷の瓦焼場を離れる時、房吉に頼んで手配しておいたのだ。

左近は待った。

柳原通りを来たお美代が、広小路に入った。

左近が動き、お美代に近寄った。

お美代が近づく左近に気づき、怪訝な面持ちになった。

左近が微笑みかけた。邪気のない明るい微笑みだった。

お美代がつられて微笑んだ。同時に左近の拳が、お美代の鳩尾《みぞおち》に打ち込まれた。

お美代は呻き声も漏らさずに気を失い、崩れ落ちた。左近は素早くお美代を抱きとめ、柳橋の船着場に係留してある平助の屋根船に乗り込んだ。同時に平助が、屋根船を隅田川の流れに漕ぎ出した。

一瞬の出来事だった。

左近の動きは、行き交う人々が気にも留めないほど素早く、目立たないものであった。

だが、お美代を屋根船に乗せた時、物陰にいた得体の知れぬ男たちが慌てて飛び出してきたのを左近は見届けていた。右京介か半兵衛の手の者たちだ。

「左近さん、何処に行きますか……」

「鉄砲洲波除稲荷に……」

「合点だ」

今までにも平助は、左近や房吉の探索の手伝いをしてきている。岸辺伝いに追ってくる者を警戒し、平助は屋根船を流れの中央をいく様々な船の間に素早く割り込ませた。

左近は、気を失っているお美代を障子の内に寝かせた。お美代の顔に化粧っけはなく、奔放な香りも漂わせていなかった。そして、風呂敷包みから、裁縫道具がはみだしていた。

お美代が、人として背負ったものは、本物なのかもしれない……。

屋根船がいきなり揺れ、平助の短い叫び声があがった。左近は素早く障子の外に出た。

「どうしました、平助さん」

「左近さん」

恐怖に引き攣《つ》った平助が、切迫した声で左近の名を呼び、船縁を示した。同時に、川の中から男の手が伸び、左近の足首をつかんで引きずり込もうとした。

咄嗟に左近は、船縁を蹴って宙に飛び、己から川に飛び込んだ。川に潜った左近に、銛《もり》が鋭く突き出された。左近は辛うじて身体を捻った。銛が左近の襟元を引き裂いた。左近は水中で回転して体勢を整え、下帯一本で銛を突き出す男に素早く身を寄せた。

水中では、斬るより突くのが速い。だが、突きは身を寄せられると無力になる。左近は、下帯一本の男を背後から押さえて、その首を一気にへし折った。下帯一本の男は、呆然と眼を見開き、口から泡を吐き出しながらゆっくりと川底に沈み始めた。

下帯一本の男が、柊右京介の配下か半兵衛の仲間なのかは分からない。だが、左近を殺してお美代の身柄を奪おうとしたのだ。

殺される前に殺す……。

左近は静かに浮上した。

川面に顔を出した左近は、平助の操る嶋やの屋根船を探した。嶋やの屋根船は、三俣《みつまた》を永代橋に向かっていた。

妙だ。方向が違う……。

平助が鉄砲洲波除稲荷に行く時は、新大橋を潜ってすぐの三俣を右に曲がり、日本橋川を横切って亀島《かめじま》川を進むのが普通だった。

左近は、付近を行き交う船を驚かせないように川に潜り、着物を脱ぎ棄て静かに迫った。

平助は震えながら櫓を操っていた。左近が川に飛び込んだ直後、後ろから近づいてきた猪牙舟から男が飛び移ってきた。源十郎だった。そして、驚く平助に刀を突きつけ、永代橋の先にある仙台堀《せんだいぼり》に入れと命じたのだ。

源十郎は、障子の内で気を失っているお美代を確認した。川の中から襲った下帯一本の男は、左近をお美代から引き離す役目もかねていたのだ。いや、源十郎にしてみれば、下帯一本の男の本来の役目は、むしろ左近を引き離すことにあった。下帯一本の男には、左近を斬る技も力もない。それを承知の囮《おとり》に過ぎない。

源十郎の冷徹な狙いは当たった。

仙台堀の入口に架かる上の橋が見えてきた。

源十郎は振り返り、追ってくるかも知れぬ左近を捜した。だが、左近の姿は、何処にも見えなかった。

「早く仙台堀に入れ」

「へ、へい……」

平助が震えながら返事をし、屋根船の舳先を仙台堀に向けた。その時、下帯一本の左近が、水飛沫《しぶき》をあげて川の中から飛び出した。

源十郎が、驚きながらも刀を抜いた。

無明刀が、真っ向から斬り下ろされた。

無明斬刃……。

弾け散った水滴が、陽の光にきらきらと輝き、源十郎を包んだ。

剣は瞬速……。

源十郎は額を深々と斬り下げられ、船底に沈むように崩れ落ちた。

左近の濡れた身体が、午後の日差しに眩しく輝いていた。

四

気を取り戻したお美代は、本能的に後退りし、慌てて身繕いをした。そして、眼の前にいる左近を睨みつけて怒声をあげた。

「私をどうするつもりだよ」

「聞くことに答えてくれればいい……」

「あんた、逢ったことあるよね」

お美代が左近を睨みつけながら言った。

「二度な……」

「二度も……」

「最初は、茂平と申す者に殺されそうになった時……」

お美代が、短い声をあげて思い出し、顔から警戒感を消した。

「そうだよ。お侍さん、あの時、助けてくれた人だよね」

「二度目は、大黒屋から姿を消した夜……」

お美代は、覚えがないと首を捻った。

「尋ねる事に答えて貰おう……」

「なにさ……」

お美代の顔に、再び警戒感が浮かんだ。

「目黒白金村で神無月に生まれたのに、間違いないか」

「ああ、それがどうしたのさ」

「ならば、この手鏡を持っているか……」

左近は、裏に観音像の彫られた手鏡の絵をお美代に見せた。

「……知らないよ。こんな手鏡」

「まことか……」

「私の手鏡はこれだよ……」

何の飾りもない小さな手鏡を取り出し、左近に見せた。質素なものであった。

「今まで、一度も持ったことはないか」

「お侍さん、私は水呑み百姓の娘。こんな上等な手鏡、生まれてから一度も持ったことありませんよ」

お美代の言葉には、嘘偽りは感じられなかった。

「そうか……」

お美代は違った……。

錺職の弥七が、捜している女ではないのだ。

左近はそう確信した。

「お侍さん、これから私をどうする気さ」

「両国広小路に送る……」

「本当かい」

お美代の顔が、嬉しく輝いた。

「半次の元に帰るがいい……」

そして堅気の船頭の女房として、末永く幸せに暮らせば良いのだ。

左近は障子を開けて、屋根船を操る平助に声をかけた。

屋根船は、隅田川を遡りはじめた。

お美代は、開け放った障子から外を眺め、風に髪を揺らした。

お美代は関わりがない……。

それを、柊右京介と半兵衛なる者に、はっきり教えなければならない。

「お侍さん……」

「なんだ」

「私さ、十五の歳に下谷の料亭に奉公に出て、博奕好きの大工に惚れちまって、身体を売ってお金を稼いであげてさ……」

お美代の声音には、淋しさも哀しさもなかった。あるのは、己の生きてきた歳月を懐かしむような響きだけだった。

「……そのうち棄てられ、気がついたら酌婦になっていて……いろんな男と知り合い、ううん、いろんな男に抱かれてさ……」

「辛かったか……」

「ううん、辛くなんかなかったよ。私、男の人と遊ぶの、大好きだから……」

お美代は笑った。

屈託のない笑顔だった。だが、その笑顔には、男を狂わす毒が秘められていた。

「でも、もう止《や》めたんだ」

「それがいい……」

「半次さん、昔のお客なんだけど、私のことずっと忘れられなかったって……」

「所帯、持つのか」

「うん。だから私、今、お針の稽古に通っているんだ。私、上手くなるのが早いんだって、お針のお師匠さんに誉められてんだよ」

子供のように嬉しげに笑った。

お美代の笑顔には、無邪気な子供と毒を秘めた娼婦が棲んでいる。だが、半次と一緒にいる限り、無邪気な子供でいられる。

平助の漕ぐ屋根船は、両国橋を潜り、柳橋の船着場に着いた。

「じゃあ……」

「ところであの夜、大黒屋からどうやって抜け出したのだ」

「私も良く分からないのだけど、気がついたら半次さんの家にいたんですよ」

半次の仕業……。

あの夜、左近が柊右京介に誘い出された後、半次が酔い潰れていたお美代を担ぎ出して行ったのだ。堅気の半次だからこそ、殺気や異様な気配が窺い知れなかったのだ。

屋根船を降りた左近は、お美代を連れて広小路に出た。

夕暮れの広小路は、家路を急ぐ人々で賑わっていた。

この賑わいの何処かから、右京介や半兵衛の配下が監視をしている。

左近は、その者たちの眼を充分に意識してお美代と広小路を通り、両国橋の橋詰めに進んだ。

「造作《ぞうさ》をかけた……」

「いいえ、じゃあ……」

裁縫道具を包んだ風呂敷包みを抱えたお美代が、左近に深々と頭を下げ、両国橋を渡り始めた。

左近は見送った。

右京介や半兵衛の配下が、お美代が関わりなかったと気づくのを願い、見送った。


半兵衛は、源十郎たちの失敗を知った。そして、見送る左近の姿を見て、お美代が目黒白金村で神無月に生まれたとしても、裏に観音像の彫られた手鏡は持っている女ではなかったことに気がついた。

半兵衛は踵《きびす》を返し、両国広小路の雑踏から立ち去った。

「公事宿巴屋に結界を張れ……」

右京介の命令に、虚無僧《こむそう》や職人などに扮した配下の者たちが素早く消えた。

左近がお美代を拉致し、半兵衛の仲間の源十郎たちが消えた直後、右京介は猪牙舟で追った。そして、左近が源十郎たちを始末し、お美代を連れて広小路に戻ったのを見届けた。

お美代は、捜している女ではなかった。

左近は、次にどう動くのか……。

右京介は配下を巴屋に先行させた。


お美代が軽い足取りで、広小路の雑踏を抜け、両国橋を渡って行く。

男と酒に酔いしれていた自分を棄て、堅気の船頭の女房として生きる……。

両国橋を行くお美代の行く手には、新しい暮らしと人生が待っているのだ。

お美代が、本所の橋詰めに向かい、大きく手を振った。半次が待っていた。お美代が笑顔で半次に駆け寄っていく。

「お美代……」

男の叫び声が響いた。

お美代が笑顔のまま振り返った。

男が飛び出してきた。夕陽に赤く染まった男は、お美代にとって絵に描かれた赤鬼のように見えた。

左近は走った。

夕陽に赤く染まった男が、まるで誰かに操られた人形のようにお美代に体当たりした。

驚いた半次が、お美代の名を呼びながら走った。

お美代が風呂敷包みを落とし、男と一緒にその場にゆっくりと崩れた。行き交う人々から悲鳴があがった。

お美代に体当たりをして倒れた男は、茂平だった。その震える手には、血に塗《まみ》れた包丁が握られていた。

駆けつけた左近が、茂平から包丁を取り上げ、お美代の様子を診た。腹の傷は深く、血が溢れていた。

既に手の施しようはなかった。

「お美代……」

駆け寄った半次が、お美代を抱き締めた。

「お前さん……」

お美代は笑った。半次の腕に抱かれ、嬉しく楽しげな笑顔のまま息を引き取った。

半次は、お美代を抱き締め、その名を呼びながら泣いた。そして、橋番たちに捕り押さえられた茂平も泣き喚いていた。

左近はその場を立ち去った。

お美代の笑みを浮かべた死に顔を思い浮かべながら立ち去った。

逢魔時《おうまがとき》は、人を変えて狂わせる……。

両国橋を渡る左近の胸に、夕暮れ時の川風が静かに吹き抜けていった。

第二章　四ッ谷　泣く女

一

江戸城の西に四谷《よつや》御門があり、食い違いで甲州《こうしゅう》街道となる四谷伝馬町《てんまちょう》通りが続いている。食い違いとは、道が真っ直ぐ続くのではなく、鉤《かぎ》の手になっていることをいい、江戸城防衛のためのものであった。

四谷伝馬町、麴町《こうじまち》、忍町《おしまち》、塩町《しおちょう》と続く四谷伝馬町通りの南北には、御先手組《おさきてぐみ》、御鉄砲組、御槍組などの同心・与力の組屋敷が連なり、通りは四谷大木戸に出て内藤新宿《ないとうしんじゅく》に続いていた。

左近は、四谷伝馬町の手前を左に曲がり、四谷伝馬町通りに入った。

お美代の名の次に書かれていた〝四谷忍町、お静《しず》〟を捜しに……。

左近は、お静捜しを慎重に進めることにしていた。その背後には、お美代の哀しい死がある。お美代の死に、左近が直接関わっている訳ではない。

お美代は、茂平に刺し殺された。大店《おおだな》の番頭だった茂平は、お美代の夫婦約束を信じて女房子供を棄てた。

だが、お美代はそれを笑い飛ばし、他の男と一緒になった。茂平に残された道は、お美代を殺すしかなかったのだ。

お美代は自分の奔放な生き方、過去に殺されたといえる……。

だが、左近は悔やんでいた。

お美代の足を止めずに帰していれば、茂平に遭うことはなかったかもしれない。

そして、茂平の凶刃からお美代を助けられなかったことを悔やんだ。

彦兵衛と房吉は、お美代の死に関して余計な感慨を述べなかった。

「お美代さん、ひょっとしたら幸せだったかもしれないわね。思いのままに生きて、好きな男に抱かれて、笑いながら死ねて……女冥利《みょうり》に尽きるってもんよ。ああ、羨ましい」

おりんの言葉には、左近に対する気遣いと、己の願望が秘められていた。

彦兵衛が苦笑しながら筆を取り、お美代の名に墨を引いた。

「……残るは三人ですか……」

「ええ、次は……」

左近は女の名の書かれた紙を覗いた。

『四谷忍町お静』と記されていた。

「四谷忍町に住むお静ですか……」

「忍町……」

左近には、初めて聞く地名だった。もっとも、記憶を失う前のことは分からない。

「おりん、江戸の絵図を持ってきておくれ」

彦兵衛は、おりんの持ってきた江戸の絵図を開いた。

「ここですよ……」

四ッ谷は、左近の暮らす鉄砲洲波除稲荷とは、江戸城を挟んで真反対の西にある町だ。

四ッ谷の地名の由来はいろいろあった。四軒の茶屋があって四ッ家（屋）と言われ、四ッ谷になった。東西南北の四方に谷があったところから四ッ谷になったなど、他にもある。

次いで彦兵衛は、四ッ谷の切り絵図を開き、四谷御門から始まる伝馬町通りを指先で追い、忍町を示した。

「深川の次は、四谷忍町。あるのは玉川《たまがわ》上水ときましたかい」

房吉は吐息を漏らした。四ッ谷は、江戸の東側の日本橋界隈と違って掘割はなく、玉川上水があるだけで舟の使えない不便な処だった。

玉川上水は、承応《じょうおう》年間に庄右衛門《しょうえもん》と清右衛門《せいえもん》の兄弟が、江戸の町の人々のために造った上水道である。多摩川の羽村堰《はむらぜき》を取水口にした玉川上水は、四谷大木戸までの十里三十町（約四三キロ）に及ぶ水路で、人々の暮らしを支えた。庄右衛門と清右衛門の兄弟は、その功績によって〝玉川〟の姓を許された。

「旦那、四谷忍町のお静さんの他には、どんな人がいるんですか」

「そいつを聞いてどうするんだい、房吉」

「いえ、手分けをした方が早いかと……」

「房吉さん、そいつは無用です」

「どうしてですかい、左近さん」

「房吉、聞くまでもないじゃあないか、女を捜しているのは、私たちだけじゃあないんだ。青い眼の柊右京介や正体の知れぬ何とか半兵衛。ただの人捜しじゃあないんだ。そうですよね、左近さん」

「はい。危険です……」

「そうよ。房吉さんにもしものことがあったら、お絹《きぬ》さんに何て言えばいいのよ」

房吉は、鍛金師の文吉《ぶんきち》が持ち込んだ公事訴訟に潜んでいた老中水野忠成と楽翁の暗闘に決着をつけた後、小田原《おだわら》にいた許婚《いいなずけ》のお絹を呼び寄せ、増上寺《ぞうじょうじ》傍の浜松町で新所帯を持った。

その頃の房吉は、鍛金師の文吉が死んで後家となったお袖《そで》と深い仲になっていた。お袖は過酷な運命に翻弄され、無残に殺された。房吉は激しく落ち込み、己を失ってしまった。

彦兵衛はそんな房吉を心配し、許婚のお絹との暮らしを勧めた。

お絹自身、かつて公事訴訟に絡む事件で深く傷ついた女だった。そして、その傷を癒すため、小田原の母親の元に帰っていたのだ。

今、房吉は浜松町に小さな家を買い、お絹と暮らしていた。

「分かったな、房吉。もうお前も独り身じゃあないのだから、無茶をしちゃならない」

「へ、へい……」

房吉の頬が、僅かに赤く染まった。房吉とお絹の暮らしは、どうやら上手くいっているようだ。

「お嬢さん、どうも妙ですよ」

婆やのお春が、腑《ふ》に落ちない面持ちで入ってきた。

「何が妙なのさ」

「いえね、煙草《たばこ》屋の隠居がさ、昨日から急に虚無僧や托鉢《たくはつ》坊主が増えたって……」

巴屋は見張られている……。

「左近さん……」

「ええ、柊右京介か半兵衛の手の者でしょう」

「じゃあ何よ、巴屋が見張られているの」

「ええ、おりんさん、気をつけて下さい」

「私は気をつけなくていいのかい」

「いえ、お春さんも充分に気をつけて下さい」

「いいねえ、若い男に心配して貰えるなんてさ。あははは……」

「それより婆や、煙草屋の御隠居さんや更科《さらしな》のおかみさんたちに心付け、忘れずにね」

「心得ていますよ」

かつて巴屋は、公事訴訟で逆恨みされ、付け火をされたことがあった。だが、それをいち早く発見して、消し止めることが出来たのは、煙草屋の隠居を始めとした町内の暇人たちのお蔭だった。

以来、おりんとお春は、そうした暇人たちに巴屋の周囲に現れる不審者の監視を頼んでいた。暇人監視網は、今までにも様々な効果を発揮し、おりんとお春の誇るものになっていた。

「左近さん、奴らは何故、巴屋を……」

「そうですよね。こんな処でうろうろしていねえで、さっさと女を捜しに行けばいいじゃありませんか」

「彦兵衛さん、房吉さん、奴らは私たちが目黒白金村で神無月に生まれ、裏に観音像の彫られた手鏡を持った女を見つけるのを待っているのです」

「というと、横取りする気ですか……」

「ええ。おそらく奴らは、弥七さんが何処の何という女を捜そうとしていたのか、詳しく知らないのです」

「それで、左近さんに捜させて横取りですかい。汚ねえ真似しやがるぜ」

「さあて、どうしますか……」

「おそらく奴らは、鉄砲洲の寮を知らない筈です。暫《しばら》くは此処《ここ》に寄りつかずに、四谷忍町のお静さんを捜してみます」

左近は日が暮れてから、巴屋の裏庭から真後ろにある妾稼業の女の家を通り抜け、筋違いの往来に出た。妾稼業の女には話を通してあり、彦兵衛や房吉たちも表から出るのが拙《まず》い時、抜け道として利用していた。

日が暮れた巴屋前の往来には、見かけない夜泣き蕎麦屋が店を広げ、親父が竈《かまど》に火を熾《お》こしながら巴屋を窺っていた。

左近は、夜泣き蕎麦屋を尻目に鉄砲洲波除稲荷裏にある巴屋の寮に急いだ。

夜更けの鉄砲洲波除稲荷の境内は、昼間の日差しに疲れ果てたように静まり、江戸湊の潮騒だけが響いていた。

左近は境内の闇に身を潜め、追ってくる者のいないのを確かめた。

鉄砲洲波除稲荷は、八丁堀と亀島川の合流点にあり、陸地から来るには稲荷橋を渡ってくるか、南八丁堀の通りか南側の本湊町《ほんみなとちょう》から来るしかない。

もし尾行者がいるならば、巴屋からの道順である八丁堀に架かっている稲荷橋を渡ってくる筈だ。

左近は海を背に忍び、稲荷橋の暗がりを見つめていた。

尾行者らしき人影は、四半刻《しはんとき》（三十分）が過ぎても現れなかった。

これで、明日から四谷忍町でお絹を探せる……。

左近は鉄砲洲波除稲荷の暗がりを出て、裏にある巴屋の寮に入った。


それが昨日のことだった。

四谷伝馬町通りは、荷車や荷物を積んだ馬が賑やかに行き交い、黄土色の土埃が舞い上がっていた。

左近は忍町に入った。

忍町という町の名は、近くに伊賀町《いがまち》があるからつけられたのではなく、武州《ぶしゅう》忍《おし》藩との関わりでつけられた地名である。

左近は自身番に立ち寄り、番人に小粒を握らせ、〝お静〟という名の女がいるかどうかを尋ねた。

「お静って名の女、大勢いますよ」

番人は眉をひそめ、町内人別帳《にんべつちょう》を捲りながら答えた。

「目黒白金村生まれのお静です」

「それなら……」

目黒白金村で生まれたお静はいた。

左近は、番人に礼を言って自身番を後にし、忍町の外れにある荒物《あらもの》問屋の裏店《うらだな》に向かった。

番人が教えてくれた情報によれば、目黒白金村生まれのお静は、荒物問屋の裏店で亭主と二人で暮らしていた。亭主は、村上新八郎《むらかみしんぱちろう》という名の浪人だった。

荒物問屋は、忍町の外れ、隣の塩町との境にあった。左近は、荒物問屋の裏にある長屋の木戸を潜った。


木戸を潜ると九尺二間《くしやくにけん》の小さな家が、左右に何軒も連なっていた。俗にいう棟割《むねわり》長屋だ。棟割長屋の間には、板蓋をした下水溝が続き、奥には住人が共同で使う井戸と厠《かわや》があった。

九尺二間とは、間口が九尺（約二・七メートル）で奥行きが二間（約三・六メートル）のことであり、広さとしては三坪・六畳の狭さだ。九尺二間は裏長屋の標準であり、店賃は三百文《もん》が相場であった。このような裏店でも、借りる時は身許調べが厳しかった。

お静と浪人の亭主は、一番奥の家で暮らしていた。

左近は腰高障子の戸を叩き、お静の名を呼んだ。だが、中からは誰の返事もなかった。

お静も亭主の浪人も出かけている……。

左近は家の中の様子を窺った。

家の中からは、夏の昼間だというのにひんやりとした風が微かに漂ってきた。

左近は、その微かな風に幸せを感じなかった。

赤ん坊をおぶったおかみさんが、隣の家から出て来て、左近に胡散《うさん》臭そうな眼差しを向けた。

左近は、房吉に教えられた通りに精一杯の微笑を作り、袂《たもと》の中の小粒を握った。

荒物問屋の裏店を出た左近は、内藤新宿に向かっていた。

赤ん坊をおぶった長屋のおかみさんによれば、お静は内藤新宿にある天龍寺《てんりゆうじ》門前の茶店で働いていた。そして、浪人の亭主・村上新八郎は、仕官を願って毎日出歩いているそうだった。

左近は、四谷大木戸に差しかかった。四谷大木戸は、甲州《こうしゅう》街道から江戸市中に入る入口であり、甲州や青梅《おうめ》から来る荷の検問をしていた。

四谷大木戸を抜けた左近は、甲州街道最初の宿場である内藤新宿に入り、追分《おいわけ》を左に曲がって高札場《こうさつば》に出た。高札場の奥にある玉川上水を挟んで天龍寺があり、その門前に並ぶ茶店の一軒でお静は働いていた。

左近は玉川上水に架かる小橋を渡り、天龍寺門前に入った。

お静は、『玉や《たま》』という屋号の茶店で働いていた。左近は玉やの店先の縁台に腰掛け、迎えてくれた茶店の女に茶を頼んだ。

茶店の女は三十前後であり、人妻の落着きを漂わせていた。

お静だ……。

左近は確信した。

そして、如何《いか》に浪人とはいえ侍の妻が、茶店で客の相手をしなければならないほど、暮らしに困っているのを知った。

七つ刻《どき》(午後四時)、お静は仕事を終え、門前町から追分に出た。そして、八百屋で買い物をして大木戸を抜け、忍町の荒物問屋の裏店に戻り、一番奥の家に入った。

目黒白金村生まれのお静……。

左近はお静を尾行し、裏店に戻るのを確かめ、念には念を入れた。そこには、虚しく死んでいったお美代の事があった。

焦ってはならぬ……。

たとえお静が、目黒白金村で神無月に生まれ、裏に観音像の彫られた手鏡を持った女であっても、事情によっては声もかけずに放っておく。左近は、密かにそう決意していた。

左近は気配を殺し、お静の家の屋根の上に忍んだ。

裏店の薄い板葺きの屋根は、下の狭い家で暮らす人々の様子を手に取るように教えてくれた。

おかみさんたちは、井戸端でお喋りをしながら質素な夕食の仕度を始める。

七つ半、職人の仕事仕舞いの時が過ぎると、長屋には大工や桶職、棒手振《ぼてふり》と呼ばれる行商を営む亭主たちが帰ってくる。家族の団欒《だんらん》が、棟割長屋にひとしきり賑やかに響く。それは、毎日を精一杯生きている庶民の安らぎに他ならない。

お静の家は、そうした安らぎから取り残されていた。子供のいないお静の家は、ただ一軒ひっそりと沈んでいた。

左近は、お静の様子を見守った。

お静は、ささやかな夕食を二人分作り、内職の仕立物をしながら夫の帰るのを待っていた。

隣近所の賑やかさに包まれ、お静の時は静かに流れていった。やがて、賑やかさも消え、何処かで四つ刻の鐘が鳴った。町木戸の閉まる時間になっても、夫の村上新八郎は帰ってこなかった。

お静は、仕立物の手を止め、冷たくなった夕食を一人で食べ、蒲団を敷いた。そして、再び仕立物を始めた。

男と女の喘ぎ声が、薄い壁を隔てた隣の家から密やかに漏れてきた。お静は微かに眉を顰《ひそ》め、針を動かし続けた。隣の夫婦の男女の営みが終わった時、夫の村上新八郎が帰ってきた。

村上新八郎とは、どのような男なのか……。

左近は僅かに緊張した。

お静に迎えられた新八郎は、酒に酔っていた。新八郎は、夕食を勧めるお静をいきなり蒲団に押し倒した。そして、お静の着物の裾を割り、奥に手を伸ばした。

「貴方、お帰りになったばかりで……」

お静は身を捩《よじ》って抗《あらが》った。

新八郎は、お静の頬を平手打ちにした。

乾いた音が鳴り、お静は抗うのを止めた。おそらくいつもの事なのだ。お静は諦め、なされるままになった。

新八郎はお静の帯を解き、乱暴に着物を剝ぎ取った。着物に包まれていたお静の身体は、意外なほどに豊満で眩しいほどに白かった。

お静は仰け反り、身をくねらせて喘いだ。新八郎の乱暴な責めは続いた。お静は声の漏れるのを懸命に堪《こら》え、乱暴な責めに応え始めていた。

やがて新八郎は、お静の顔を己の股間に押しつけた。お静は、薄紅色に火照《ほて》った身体を四つん這いにし、新八郎の男根をくわえて吸い、嘗め回した。

お静は、新八郎の乱暴な性交に慣らされていた。いや、夫婦であるならば、当然の事なのかもしれない。ましてお静にとり、新八郎が初めての男であったなら、尚更のことなのだ。

新八郎はお静を責めた。お静は湧き上がる喜悦を必死に堪え、新八郎の責めに耐え続けた。

お静は幸せなのかも知れない……。

左近はそう思った。


「お金……」

「ああ、二十両だ。二十両あれば、俺は仕官が叶うのだ」

蒲団に横たわった新八郎は、情交の余韻を愉しむかのようにお静の濡れた身体を弄《もてあそ》んでいた。

「でも、二十両もの大金、うちにはございません」

「お静、俺の仕官が嬉しくないのか」

「まさか、そのようなことは……」

「ならば、二十両、どうにか工面するのが、妻たる者の役目であろう」

「ですが、どうやって……」

「女には、男には出来ない女の稼ぎ方があるだろう」

「女の稼ぎ方にございますか……」

お静の問いに、新八郎は黙って背を向け、眼を閉じた。

「貴方……」

新八郎は返事をしなかった。仕官に必要な二十両の工面をお静に命じ、さっさと眠ってしまった。

お静は哀しげな吐息を漏らした。

左近は、狭い部屋にこもっていた火照りが、急速に冷えていくのを感じずにはいられなかった。

二

左近が消えた。

配下から報せを受けた半兵衛は、馬喰町の公事宿巴屋に急いだ。巴屋には、公事訴訟に地方から出てきた依頼人や下代たち奉公人が出入りをし、気の強そうな婆さんが入口で辺りを見廻しているだけだった。

監視は見破られている……。

半兵衛は、左近が監視に気づき、姿を隠したのを知った。

左近は何処に行ったのか……。

何《いず》れにしろ、目黒白金村で神無月に生まれ、裏に観音像の彫られた手鏡を持つ女を探しているに違いない。

半兵衛は、配下を一人だけ巴屋に残し、残りの者に左近の行方を探らせた。半兵衛の配下たちは、彦兵衛や房吉が必ず左近と連絡を取ると読み、その動きを監視し始めた。

彦兵衛と房吉は、いち早く半兵衛配下の監視に気づき、鉄砲洲波除稲荷裏の寮に一歩も近づかなかった。

半兵衛配下の監視に気づいたのは、彦兵衛と房吉だけではなかった。青い眼の柊右京介も気がついていた。

右京介は巴屋の身代《しんだい》を調べ、左近が潜んでいる可能性のある場所の洗い出しを急いだ。


お静の夫である村上新八郎が、荒物問屋の裏店から出かけていった。

見送ったお静は、天龍寺門前の茶店に働きに行く仕度を始めた。

着物を着替えたお静は、小さな手鏡を取り出して己の顔を映した。手鏡に映るお静の顔には、長年の疲れが滲《にじ》み出ていた。

左近は、手鏡の裏を見た。

お静は、化粧もせずに手鏡を仕舞った。

左近には、手鏡の裏に観音像が彫られているかどうか、見届ける暇はなかった。

だが、直径二寸ほどの手鏡を持っているのは間違いない。

慌ててはならぬ……。

左近は事を急がなかった。


裏店の家を出たお静は、四谷大木戸を抜けて内藤新宿に入った。だが、真っ直ぐ天龍寺に向かわず、追分の手前の仲町《なかちょう》にある古着屋に入った。

古着屋に入ったお静は、吊り下げられている古着を見もせず、主と言葉を交わし、何事かを頼むかの如く頭を下げていた。古着屋の主に、二十両の借金を申し込んでいるのだろうか。

だが、お静は金を借りた様子もなく、何かを頼んだだけで、古着屋を出て追分に向かった。お静が二十両の金を工面するため、古着屋を訪れたのは間違いない。

男には出来ない、女の稼ぎ方……。

左近は、新八郎の言葉を思い出した。

お静は追分の三叉路を左に折れ、高札場を抜け、玉川上水を渡って天龍寺門前の茶店に入り、茶店女として客の相手を始めた。

暫《しばら》くお静に動きはない……。

左近はそう見極め、天龍寺門前を離れて仲町の古着屋に戻った。


仲町に戻った左近は、古着屋の主の名前と素性の洗い出しを始めた。

古着屋の主の名前は長八《ちょうはち》。五十前後の背の高い痩せた男だ。長八が、古着屋を開いて既に十年が過ぎていた。古着屋を開く前、長八が何をしていたかは定かではない。

左近は長八の様子を窺った。

長八は、店先の日溜りに置いた空き樽に腰かけ、店番をしていた。訪れる客は少なく、たまに来た客に対し、長八は空き樽に座ったまま無愛想な応対をしていた。様子から見て、古着屋が儲かっているとは思えなかった。

お静は、そんな古着屋の長八に、二十両もの借金を申し込んだのだろうか……。

日溜りの空き樽に腰かけた長八は、板壁に寄りかかり、眠るかのように眼を閉じていた。

大木戸から淀橋《よど》に続く往来には、旅人を始め、荷車や荷を積んだ馬などが土埃を巻き上げて行き交う。

長八は土埃を気にも留めず、眼を瞑《つむ》ったままだった。

左近は気がついた。

長八の閉じられた瞼《まぶた》の下の目玉が、行き交う女に応じて動いているのに気がついた。

左近は小豆《あずき》大の石を拾い、長八に向けて弾き飛ばした。

石は弾丸のように飛び、長八の頬を掠《かす》めて背後の板壁を貫き、店内に吊るされた古着を揺らした。驚いた長八は、飛び跳ねるように立ち上がって身構え、怯えた眼で辺りを見廻した。糸のように細い血が、頬をゆっくりと伝って滴り落ちた。

ただの古着屋の親父ではない……。

古着屋は表向きの商売であり、長八は裏稼業を持っているのに違いなかった。

お静は、そんな長八に何を頼んだのか……。

疑惑が静かに湧き上がった。

七つ刻、お静は天龍寺門前の玉やの仕事を終えた。

追分から出たお静は、四ッ谷に向かった。やがてお静は、仲町にある長八の古着屋の前を通った。古着屋の前に長八の姿はなく、緋牡丹柄の着物が一枚、風に揺れているだけで変わったようすはなかった。

お静は風に揺れる緋牡丹《ひぼたん》柄の着物にちらりと視線を送り、足早に古着屋の前を通り過ぎた。

お静は二人分の夕食を作り、仕立物をしながら新八郎の帰りを待った。前夜同様、お静の家は裏店の中でただ一軒沈んでいた。町木戸が閉まる四つ刻（午後十時）、新八郎が酒に酔って帰ってきてお静を抱いた。

何もかも昨夜と変わらない……。

左近はそう思った。だが、それは違った。

「……で、お静、二十両、用意できそうか」

情交の余韻に浸る間もなく、新八郎はお静に尋ねた。

「貴方、どうしても……」

「お静、俺にとって、仕官話はおそらく今度が最後だ。今度の本多《ほんだ》さまの仕官話を逃したら、俺は生涯浪人なんだよ」

「生涯浪人……」

「頼む、お静、二十両用意してくれ。俺はもう浪人なんて沢山だ。この通りだ」

新八郎は両手をつき、お静に頭を下げた。

「あ、貴方……」

お静は微かに狼狽した。

「頼む、お静、この通りだ」

新八郎の両手の間に涙が落ちた。

「貴方、顔を上げて下さい。お金は、二十両は必ず用意します。ですから、どうか顔を上げて下さい」

お静の声には、優しさと哀れみが含まれていた。

「お静……」

新八郎は涙を零《こぼ》した。お静に縋り、涙を零して子供のように泣いた。お静は、新八郎を抱き締めた。母親のような優しさと愛しさを込めて、激しく抱きしめた。

左近は見た。

新八郎を抱き締めるお静が、快感と悦楽に包まれていくのを……。

左近はお静の業《ごう》を見た。それは、深く哀しく、淋しい女の業であった。

裏店の木戸を潜ってくる遊び人風体の男がいた。左近は屋根に忍んだまま見守った。遊び人風体の男は、左近に気づくこともなく、足音を忍ばせて奥に向かった。

戸が囁くように叩かれた。

お静が慌てて身繕いをし、心張り棒をかけた戸の向こうに声をかけた。

「どなたでしょうか」

「へい。西蔵《とりぞう》と申しますが、村上の旦那、おいでになるでしょうか」

西蔵と聞いて、新八郎は素早く戸口に進み、お静に声をかけた。

「下がっておれ、お静……」

お静は返事をして部屋に下がった。新八郎はそれを確認し、心張り棒を外して腰高障子の戸を僅かに開けた。

戸の向こうにいた西蔵が薄く笑った。

「何用だ……」

「へい、ちょいとお耳を……」

西蔵は新八郎に囁いた。

「分かった……」

新八郎は短く答え、お静のいる部屋に戻った。

「貴方……」

「仕官のことで急用だ。出かける」

「こんな夜更けに……」

新八郎は眉を顰めるお静に答えず、手早く身仕度を整えた。

新八郎はお静に見送られ、西蔵と一緒に出かけていった。西蔵は、見送るお静の身体を嘗めるように見廻し、薄笑いを浮かべて去っていった。

左近は裏店の屋根を走り、木戸の傍の暗がりに飛び降り、新八郎と西蔵のあとを追った。


裏店を出た新八郎と西蔵は、急ぎ足で伝馬町通りを四谷御門に向かった。そして、二人は四谷御門を左に曲がり、外堀沿いに進んだ。

左近は暗がり伝いに尾行した。

新八郎は、行く手はおろか辺りに注意を払わず、振り返りもせずに行く。そこには、武士としての心得は感じられない。

左近は殺気を放った。

次の瞬間、新八郎が立ち止まった。

左近は暗がりに忍び、殺気を放ち続けた。

新八郎は振り向きもせず、たたずんだまま殺気が実体を見せるのを待っているのだ。

出来る……。

左近は少なからず驚いた。

新八郎は思いもよらぬ手練《てだれ》だった。無警戒だったのは、己の剣の腕に絶対の自信を持っているからに他ならなかった。

左近は殺気を消した。

「どうしたんです、旦那……」

「いや。行くぞ……」

新八郎は殺気が消えたのを敏感に察知し、警戒を解いて先を急いだ。

左近は尾行を続けた。

新八郎と酉蔵は、市谷《いちがや》御門前を通り抜けて牛込《うしごめ》御門に出た。

牛込御門に出た新八郎と酉蔵は、牡丹屋敷の傍の神楽坂《かぐらざか》をのぼり、肴町《さかなまち》にある黒塀に囲まれた家に入った。

洗い髪の若い女は、襦袢姿で長火鉢の前に太股も露わに座り、手酌で酒を飲んでいた。

「姐さん、旦那をお連れしやしたぜ」

廊下で酉蔵の声がした。

洗い髪の女が、入ってきた新八郎を睨みつけた。

「どうしたのだ、お駒《こま》……」

「どうもこうもありませんよ。さっさと帰っちまって……そんなにおかみさんが良いのかい」

お駒と呼ばれた洗い髪の女は、手酌の酒を呷《あお》りながら新八郎に絡んだ。

「ふん。お駒、お前と遊山《ゆさん》に行く金を、お静が作るまではな」

「本当に出来るの、二十両なんてお金」

「出来る。今までにも作ってきた……」

新八郎は、その眼に冷酷さを滲ませてお駒の酒を飲んだ。

「でもさ、だからって私が湯屋に行っている間に帰ることはないだろう」

「男が欲しければ、酉蔵でも抱けば良いだろう」

「冗談じゃあないよ。ねえ、旦那、抱いておくれよ」

お駒は新八郎に縋り、その手を己の身体に導いた。

「ほら、こんなになっているよぉ……」

泣き出さんばかりの甘えた声だった。

お静にはあり得ない媚《こび》だった。

新八郎は苦笑し、お駒を抱いた。

お駒が嬉しげな声をあげ、自分から襦袢を脱ぎ棄て全裸になった。

お静とは違い、お駒は貪欲に悦楽に浸ろうとした。何もかもが、お静と違った。

お駒は、酒にほのかに染まった裸身を新八郎に絡みつけ、誰憚《はばか》ることのない奔放な嬌声をあげ、狂態を繰り広げた。

お静は利用されている……。

左近は黒塀に囲まれた家の床下に忍び、新八郎の本性を知った。お静に頼んだ二十両は、仕官に必要な金ではなかった。お駒と遊山にいくための金でしかなかった。

左近の脳裏に、新八郎を待つお静の姿が浮かんだ。影の薄い、哀しく淋しげな姿だった。

お駒の嬌声が続いていた。

苦いものが、胸にこみ上げてきた。

左近は床下を出た。


目黒白金村の江戸下屋敷内には、既に昼間の熱気はなく、四方を囲む畑地を渡ってくる夜風に冷え冷えとしていた。

半兵衛は黒光りする廊下を進み、奥の座敷の前に片膝をついた。

「錣半兵衛か……」

間髪を容れず、座敷の中から声がした。

「はっ」

「これに……」

「御免……」

半兵衛は障子を開け、座敷に入った。

国家老《くにがろう》の荻森兵部《おぎもりひょうぶ》が、二百七十八里（約一〇九二キロ）の長旅の疲れを滲ませた顔を向けた。

「御家老さまにはつつがなく御到着の由《よし》、祝着《しゆうちやく》にございます」

「半兵衛、手鏡の行方、まだつかめぬのか」

「はっ。弥七郎《やしちろう》が動きを封じようとした目付鳥居耀蔵の手の者を殺し、北町奉行所の役人に捕えられ、手掛かりを没収されてしまい……」

弥七郎とは、銹職の弥七のことなのか。もしそうだとしたら、弥七は彦兵衛や北町奉行所吟味方与力の青山久蔵が睨んだ通り、武士なのだ。

「その手掛かり、如何《いかが》なっている」

「北町奉行所の青山久蔵と申す与力が、馬喰町の公事宿巴屋の主に渡し、日暮左近なる者が手鏡を探しております」

「日暮左近、何者だ」

「巴屋の出入物吟味人、公事訴訟の裏に潜むものを探るのが役目の者と聞き及びます」

「奪い取れぬのか」

「日暮左近は、黒木源十郎たちを倒した恐るべき剣の使い手。裏切り者の柊右京介も手をこまねいております」

「ならば半兵衛。その公事宿、鳥居とは手を結んでいないのだな」

「はい。ですが北町奉行所の意向を受けての動きと思われます」

「北町奉行所……何れにしろ相手は公儀か」

荻森兵部の顔が歪み、その皺が深くなった。

「半兵衛、手鏡の秘められた秘密が公儀に知れれば、我が藩は破滅。一刻も早く手鏡を手に入れるのだ……」

「はっ、篤《とく》と心得ております……」

半兵衛は、兵部の苦渋に満ちた命令に頭を下げるしかなかった。

下屋敷は、藩存亡の危機を逃れるため、四国の国元から密かに出府した国家老を迎え、夏とは思えぬ冷たさに支配されていた。


茶店の仕事を終えたお静は、いつもの通りに高札場を抜け、追分から四谷大木戸に向かった。

長八の営む古着屋に近づいた時、お静は唐突に立ち止まった。そして、呆然とした面持ちで古着屋を見詰めた。

左近は怪訝に古着屋に視線を送った。

古着屋の表には、白い百合《ゆり》の花の柄の着物が吊るされ、風に微かに揺れていた。

店の奥から長八が出てきた。

お静は我に返り、慌ててその場を離れた。

長八が好色さを含んだ眼差しで、お静の後姿を見送った。

今夜、お静の身に何かが起きる……。

左近の直感が囁いた。


四谷大木戸を抜けて内藤新宿に入り、青梅街道を西に向かって柏木《かしわぎ》、成子《なるこ》と進むと淀橋に出る。

頭巾で顔を隠したお静は、その淀橋を左手に折れ、夕暮れ時の角筈十二社《つのはずじゅうにそう》権現に出た。夕闇に包まれた十二社権現の広い境内に参拝客は少なく、周囲の畑を渡って来た風が涼しげに吹き抜けていた。

角筈十二社権現は、応永《おうえい》年間に紀州熊野《くまの》権現を勧請《かんじょう》したもので、景勝地として名高かった。十二社の謂《い》われは、紀州熊野大社の本宮、新宮、那智の三ヶ所と四所明神などの眷属《けんぞく》神、五所王子などの御子神を合わせて十二所権現と呼ばれていたことにあった。

お静は広い境内を抜け、大きな百姓家の木戸を潜った。現れた老婆が、訪れたお静に黙って頷き、奥座敷に案内した。

奥座敷に案内されたお静は、庭の障子を開けた。夜の帳《とばり》に包まれた庭の向こうには、水面に月を映す十二社権現の池が望めた。

十二社権現の池に映る月を見るのは、これで何度目なのだろうか……。

お静は障子を閉め、座敷の隅に座って頭巾を外した。お静の露わになった顔は、微かに上気していた。

左近は、そんなお静を天井裏から見守った。

「お連れ様がお見えにございます」

廊下から老婆の声がし、大店の旦那らしき初老の男が入ってきた。

お静は頭を下げ、緊張した面持ちで旦那らしき男を見つめた。

旦那風の初老の男は、値踏みをするかのようにお静を見下ろした。

「如何でございますか、旦那」

「結構だよ……」

「では、すぐにお酒をお持ちいたします」

老婆が足早に立ち去った。

上座に座った旦那は、煙管《キセル》を取り出し、ゆったりと煙草をくゆらせた。

「こちらに……」

旦那は隅にいるお静を招いた。お静は小さな声で返事をし、旦那の傍に進んだ。

「ご亭主はご浪人さんですかな」

「……はい」

「そうですか……」

入ってきた老婆が、二本のお銚子と肴を置いてそそくさと出ていった。

「一杯、いただきますかな……」

旦那がお猪口《ちょこ》を手にしたのを見て、お静は慌てて酒を注いだ。旦那はつがれた酒を飲み干し、空になったお猪口をお静に差し出した。

お静は微かに戸惑った。

「いいじゃありませんか、一杯ぐらい……」

「はい……」

お静はお猪口を手にし、つがれた酒を飲んだ。そして、お猪口を返そうと差し出した時、旦那がお静の手を引き、己の胸に背後から抱いた。

「私はお侍の御新造《ごしんぞ》が好きでしてね……」

次の瞬間、旦那の手がお静の胸元に差し込まれた。

お静は思わず短い声をあげた。旦那は構わず乳房を揉み、お銚子の酒を口に含み、お静を振り向かせて口移しで飲ませた。

酒の温かさが、喉に広がり、身体に染み渡っていく……。

お静の乳房を揉む旦那の掌《てのひら》は、心地よい温かさだった。旦那の指が、お静の乳首を弄んだ。

お静は思わず顎をあげ、短く喘いだ。旦那は、喘ぐお静の僅かに開いた唇を吸った。

お静は眼を閉じ、ぎこちなく旦那の誘いに応えた。旦那の手が素早く動き、お静の帯を解いていった。

お静は、新八郎の顔を思い浮かべた。だが、それは一瞬のことだった。着物を一枚ずつ脱がされる度に、新八郎の面影は薄れていった。

お静は新八郎のために身体を売り、金を作ろうとしている。おそらく、長八の古着屋の表に吊るされた白い百合の花の柄の着物が、お静に客がついた合図なのだ。

お静が二十両もの大金を作るには、身体を売るしかないのだ。

男には出来ない女の稼ぎ方……。

左近の脳裏に、新八郎の言葉が蘇った。

お静は騙されているとも知らず、身体を売って金を作ろうとしている……。

左近は、初めて逢った初老の男に抱かれ、弄ばれるお静に哀れみを覚えずにはいられなかった。

三

半兵衛たちの左近探索は、遅々として進まなかった。彦兵衛と下代の房吉は、公事訴訟に忙しく町奉行所に通い、左近に逢う素振りも見せず稼業に精を出していた。

「江戸八百八町」以上の数の町があり、百万人以上の人間が暮らす江戸で、一人の人間を探すのは至難の業《わざ》だ。

既に左近は、目黒白金村で神無月に生まれ、裏に観音像の彫られた二寸ばかりの手鏡を持った女を見つけたのかも知れない。そして、女を見つけた左近の動きによっては、藩が破滅するかも知れないのだ。

半兵衛は焦り、上野、小石川《こいしかわ》、四ッ谷、高輪《たかなわ》にも探索の網を広げた。

柊右京介は、目付鳥居耀蔵の力を借りて公事宿巴屋の身代を調べ、鉄砲洲波除稲荷の裏に家作を持っているのを洗い出した。

鉄砲洲波除稲荷に現れた右京介は、裏手にある巴屋の寮の様子を探った。

巴屋の寮に人気《ひとけ》はなかった。

誰も住んでいないのか……。

右京介は、辺りに聞き込みをかけた。住んでいる者はいた。人相風体から見て、寮の住人は日暮左近に間違いなかった。

巴屋の寮は、波除稲荷の裏で潮騒に包まれ、ひっそりと建っていた。

左近がこの寮で暮らしている限り、必ず帰ってくる……。

右京介は確信した。

女が現れた。巴屋の出戻り、おりんだった。おりんは寮の雨戸を開け放し、賑やかに掃除を始めた。

左近は間もなく戻ってくる……。

右京介は待った。

長八の店の表に、白い百合の花柄の着物が揺れていた。

お静はちらりと一瞥し、そそくさと家に急いだ。そして、新八郎が留守の間に帰ってきてもいいように、夕食を用意した。

食べるかどうか分からない夕食を……。

そして、お静は見るからに武家の妻らしい着物に着替えた。

夕暮れ時、お静は井戸端に誰もいないのを確かめて家を出た。女の忍び笑いが、背後から微かに聞こえた。裏店のおかみさんたちは、既に様々な推測をし、面白おかしく噂しているのだろう。

お静はそう自分に言い聞かせ、四谷伝馬町通りを急ぎ、追分を過ぎた路地で手早く頭巾を被った。頭巾を被り終えた時、お静は今夜の客を想像していた。


「若い男だよ……」

百姓家の老婆が、無表情にお静に告げた。お静の胸が、一瞬激しく高鳴った。

若い男と聞いて喜んでいる……。

お静は思わず動揺した。

老婆が、お静の心の内を見透かしたような嘲笑を浮かべた。

「お連れさまがお見えにございます」

廊下に座った老婆が、奥座敷の中に声をかけた。

「ウム……」

男の声に老婆が襖を開けた。お静は老婆の背後に座り、頭を下げた。

「入りなさい……」

お静は老婆とともに座敷に入り、客である男の顔を見た。精悍な顔をした若者だった。

若者は町人ではないが、仕官をしている武士でもなかった。髪を無造作に束ね、紺色の単物にやはり紺色の袴を着けた浪人だ。

若い客は、日暮左近だった。

「如何でございますか」

老婆は、背後にいるお静を眼で示した。

お静は、僅かに顔をあげた。顔は微かに上気していた。

「いいですよ」

「ありがとうございます」

老婆は、そう言いながらお静を促した。お静は小さく頷き、奥座敷に膝を進めた。

「では、ごゆっくり……」

老婆は、皺だらけの顔に笑みを浮かべて襖を閉めていった。

既に左近は、酒と肴を取り寄せていた。

「酒、飲みますか」

左近が笑顔を向けた。

「いただきます……」

左近はお静にお猪口を差し出し、酒を注いだ。お静は黙って飲み干した。

昼間、左近は長八の営む古着屋を訪れ、武家の人妻と遊びたいと告げた。長八は胡散臭げに左近を一瞥し、紹介者を問い質《ただ》した。左近は黙って二枚の小判を差し出した。この手の淫売組織では、相場の何倍もの金だ。長八の眼が、疑いから驚きになり、すぐに喜びに変わった。

長八の店先に白い百合の花柄の着物がかけられたのは、それから間もなくだった。

左近は優しい笑みを湛《たた》えて、お静を見守った。

お静は左近の笑みに気づいた。

「……なにか」

「いえ、落ち着きましたか」

「はい……」

「生まれ、何処ですか」

「生まれ」

「ええ、教えて下さい」

「……目黒白金村です」

「神無月ですか、生まれた月は……」

「そうですが、それがなにか……」

お静の顔に戸惑いが浮かんだ。左近は無視して、質問を続けた。

「手鏡、持っていますか」

「えっ……」

「手鏡です。持っていますか」

「はい、持っておりますが、手鏡がなにか」

「見せて下さい」

お静は怪訝な面持ちで、懐から直径二寸ほどの手鏡を取り出し、左近に差し出した。

この手鏡の裏に、観音像が彫られているのか……。

左近は手鏡を受け取り、裏を返して見た。

手鏡の裏に彫られていたのは、観音像ではなく百合の花だった。客がついたことを報せる符丁である着物の柄と同じ百合の花が、彫られていた。

「手鏡、このほかにも持っていますか」

「いいえ、これだけです」

「本当に……」

「はい」

お静は困惑した様子で頷いた。その眼に嘘は窺えなかった。

違った……。

お静は、捜している女ではなかった。

これで、お静を調べる仕事は終わった。

左近は手酌で酒を飲んだ。

「あの……」

「酒、嫌いですか……」

「えっ」

「飲みましょう」

左近は、お静のお猪口を酒で満たし、再び手酌で飲んだ。

「あの……」

お静の困惑した声が漏れた。

「なんですか」

「私を……私を抱かないのですか」

「いいではありませんか、抱かなくとも」

屈託のない言葉だった。

「困ります」

お静は思わず狼狽した。

「心配無用です。金はもう払ってあります」

「でも……」

お静は小さく叫んだ。小さな叫び声には、左近に抱いて貰えない物足りなさが含まれていた。

抱いて欲しい……。

そう思った時、お静は我に返った。

全身の血が、一気に熱くなって逆流した。

夫新八郎の仕官に必要なお金を作るためだけに、身体を売っているのではなかった。お静の肉体は、既に夫以外の男に抱かれるのを期待し、埋《うず》み火のように秘めやかに燃えているのだ。

お静は縋るような眼差しで左近を見つめ、微かに身悶えた。

男を欲しがる女……。

左近は哀れみを覚えた。

このまま身体を売り続ければ、お静は本当の娼婦になるだろう。

これ以上、お静を苦しめてはならぬ……。

左近は決意した。

「お静さん……」

いきなりお静の名を呼んだ。

本名を告げていなかったお静は、驚いた面持ちで左近の笑顔を見つめた。次の瞬間、左近の拳が、お静の鳩尾に素早く叩き込まれた。

左近の笑顔が、お静の脳裏から一瞬にして消えた。

気を失って崩れ落ちるお静を、左近は受け止めた。伽羅《きやら》の香りが、僅かに漂った。おそらくお静は、懐に伽羅香の匂い袋を忍ばせているのだ。甘く危険な香りだった。

左近は気を失ったお静を担ぎ、十二社権現裏の百姓家を忍び出た。お静の身体の火照りが、伽羅の香りと共に着物を通して伝わってきた。左近はお静を担ぎ、夜の暗がりを走った。

夜の闇は、お静の伽羅香以上に危険な香りに満ち溢れている。左近は久々に味わう緊張感に包まれ、人通りの途絶えた夜の町を一気に駆け抜けた。

左近はお静を担ぎ、外堀通りの暗がりを急いだ。人の気配は感じなかった。感じるのは、お静の懐にある匂い袋の伽羅の香りだった。

伽羅の香りは、左近だけではなく、物陰で寝ていた物乞いにも伝わった。

物乞いは身を起こして、走り去る左近を見送り、眼の色を変えた。

物乞いは半兵衛の配下だった。

四半刻後、左近は牛込御門前の暗がりに潜んでいた。二人の男が、堀端沿いの道を自身番と書かれた提灯《ちょうちん》を揺らしてやって来る。夜回りだった。

気を失っているお静が、微かに呻いた。左近はお静の口をふさぎ、夜回りの男たちが通り過ぎるのを待った。

提灯の灯りが過ぎ去っていった。

左近は意識を失っているお静を抱え、神楽坂を駆け上った。

神楽坂の上には、お静の修羅がある……。

左近は、お静に夫村上新八郎の真実の姿を見せるつもりだった。お静が、新八郎の真実の姿を知ってどうするか分からない。だが、知らないまま身体を売り続けることはない筈だ。


黒塀に囲まれた家からは、淫靡《いんび》な匂いが湧き上がっていた。

左近は黒塀の内に忍び、油断なく家の中の様子を窺った。村上新八郎は、意外なほどの剣の使い手だ。左近は気配を消し、慎重に行動した。

雨戸越しに、お駒の喘ぎ声と新八郎の低い囁きが聞こえた。

読み通り、新八郎は来ている……。

左近はお静に活《かつ》を入れた。

お静は吐息を漏らし、ゆっくりと眼を覚ました。そして、怪訝に辺りの暗がりを眺め、左近に気がつき、思わず声をあげかけた。予期していた左近は、素早くお静の口を押さえた。

お静の恐怖に満ち溢れた眼が、左近と知って次第に和らいだ。

左近は頷き、お静を雨戸の傍に連れて行った。お駒の喘ぎ声が聞こえた。

お静は驚いたように左近を見た。

左近は、尚も家の様子を窺うように目顔で示した。お静は怯えたように頷いた。

その時、新八郎の甘く囁く声が聞こえた。お静の顔色が、一瞬にして変わった。

左近は、お静を横抱きにして転がった。

白刃が、光のように雨戸から突き出された。左近は、お静を横抱きにしたまま素早く黒塀を飛び越えた。

白刃が引き抜かれ、雨戸が蹴倒された。

全身に汗を滲ませた新八郎が、白刃を手にして現れ、殺気を放ちながら庭の暗がりに鋭く誰何《すいか》した。

お静の動揺が、お駒と激しく絡み合っていた新八郎を我に返らせ、攻撃を招いたのだ。

「どうしたんです、旦那……」

お駒が姿を見せ、媚びるように新八郎の背中に抱きついた。新八郎はお駒のなされるままになりながらも、厳しい面持ちで暗がりを睨み、殺気を放ち続けていた。

伽羅の香りが、黒塀の向こうから微かに漂ってきた。

新八郎の顔に薄笑いが湧き、殺気がゆっくりと消えていった。

神楽坂の途中に善國寺《ぜんこくじ》という寺がある。善國寺は、毘沙門天《びしゃもんてん》を本尊にした日蓮《にちれん》宗の寺で、『神楽坂の毘沙門さま』と庶民に親しまれていた。

左近とお静は、その善國寺境内にいた。

「あんたが作っている金は、村上新八郎があの女と遊山に行くためのものだ」

お静は、身を硬くして俯いていた。

「もう、身を売るのは、止めるんだ」

左近は労《いたわ》りを込めて告げた。俯いていたお静の眼から涙が落ちた。

「どうしてです」

お静は俯いたまま尋ねた。

「どうして、あんな処《ところ》に連れていったのですか」

「あんたに本当の事を教えたかった」

「本当の事……」

「ええ……」

「だから、お客になったのですか」

「そう思ってくれてもいい……」

「余計な事です」

お静の声に感情はなかった。

「……余計な事……」

「はい……」

「お静さん……」

「私、気がついていました。夫の新八郎に女がいるって……」

左近は微かに困惑した。

「……知っていながら、身を売っていたのですか」

「ええ……」

お静は挑むように左近を見つめ、しっかりと頷いた。

思いもよらぬ反応だった……。

少なからず衝撃を受けた左近は、お静の心の内を探ろうとした。

「何故です……」

「……分かりません」

「分からない……」

「ええ。分かっている事は、新八郎のために身体を売るんだ。そう思うと、見も知らぬ男に抱かれても哀しくなかった。辛くなかった……」

お静の声には、感情の昂ぶりも開き直りも窺われなかった。

「……本当に」

「はい。他人さまから見れば、普通ではないのは良く分かっています。でも私は……私はそれでもいい……」

一瞬、左近を見つめるお静の眼に、青白い炎が妖艶に閃いて消えた。

左近は動揺した。

「お静さん、ではこれからも……」

「分かりません。でも、夫の新八郎がいる限りは……」

これからもお静は、夫の村上新八郎の存在を言い訳にして、見知らぬ男に身体を売り、抱かれ続けるのかもしれない。

お静は貧乏御家人の娘に生まれ、貧乏浪人である村上新八郎の妻になった。そして、武家のしがらみと見栄に押さえられ、縛られて生きてきた。そんなお静にとって、見知らぬ男に抱かれて金を貰う事は、自分を解放する唯一の手立てといえるのかもしれない。

お静の身体には、得体の知れない魔物が棲んでいる……。

左近は、お静という女に別な顔があるのを知った。

善國寺境内の闇が、静かに歪んだ。

咄嗟に左近は、お静を庇って身構えた。

何者だ……。

左近の脳裏に、柊右京介や半兵衛の顔が浮かんだ。だが、それを打ち消すように、一人の侍が闇から現れた。

村上新八郎だった。

「貴方……」

「お静、そなたの伽羅香が、此処に案内してくれた」

お静が狼狽した。

迂闊《うかつ》だった。左近は悔やんだ。

新八郎は薄笑いを浮かべ、左近とお静に近づいてきた。闇は新八郎の殺気に大きく歪み、左近とお静を押し包んだ。

かなりの殺気……。

左近はお静を背後に退け、油断なく新八郎の横手に廻った。やがて、左近と新八郎は対峙した。

四

善國寺境内の闇は、殺気に満ち溢れて歪み続けた。

「お主、何者だ」

「日暮左近……」

「……日暮左近、以前も俺の後をつけたな」

左近は頷いた。

「誰かに頼まれての仕業か」

「違う……」

「では、お静に惚れたか……」

離れて佇むお静が、小さく喉を鳴らした。

「いいや、それも違う……」

「では何故だ」

新八郎の顔には、苦さと疲れが浮かんだ。疲れは、長い浪人暮らしで溜まった澱《おり》なのだ。新八郎も本気で仕官を望み、希望を抱いて様々な運動をしてきたのだ。

だが、希望は既に失われていた。

「言えぬ。ただ……」

「ただ、なんだ」

「お主たちが、哀れでならぬ……」

新八郎の刀が、刃風を鳴らして闇を斬り裂いた。

左近は真上に飛んだ。真上に飛んで新八郎の鋭い横薙ぎの一撃をかわし、落下と共に無明刀を抜き、新八郎に斬りつけた。

無明刀が、青白い光となって落下した。新八郎の刀が、辛うじて受け止めた。

火花が闇に飛び散り、物の焦げた匂いが鼻をついた。

左近は無明刀を素早く返した。

新八郎は身を投げ出して躱し、起き上がりざまに左近に斬りかかった。凄まじい斬り込みだった。夢も希望もない、何もかも棄てた斬り込みだった。それは、死を求めた虚無的な行為でもあった。

左近と新八郎は、再び闇の中に対峙した。

殺気が交錯し、激しく渦巻いた。

左近は、無明刀を真上に大きく構えた。

無明刀の切っ先から左近の足の爪先までが、まるで一振りの刀のように変わった。だが、棒立ちのような左近の構えには、鋭さと隙が入り混じっていた。

新八郎は隙を狙い、鋭く地を蹴った。

土が弾け飛び、闇が震えた。

新八郎が一気に左近に迫った。

左近の構えに変化はない。

貰った……。

新八郎が見切りの内に踏み込み、左近の隙だらけの脇腹に向かって刀を唸らせた。

剣は瞬速……。

無明刀が光芒を放ち、真っ向から斬り下ろされた。

無明斬刃……。

二つの光が交錯し、離れた。

残心の構えを取る左近の着物の脇腹が、薄く斬られて垂れ下がった。

新八郎の顔に、嬉しげな笑みが広がった。だが、その笑みを二つに割るように、額から滲み出た血が糸のような細さでゆっくりと流れ落ちた。

笑顔の新八郎が、横倒しにゆっくりと崩れた。

昼間の暑さに乾き切った境内が、土埃を舞い上げた。

「貴方……」

お静が新八郎に駆け寄った。新八郎は既に息絶えていた。

「貴方……」

お静は新八郎の肩を僅かに揺らし、死に顔を見つめた。見つめる眼に涙は浮かんでいなかった。

「……笑っている」

お静は呟いた。

「笑いながら死んでいる……」

お静の呟きに笑いが含まれた。笑いは、お静の肩を揺らし、涙を誘った。お静は笑いながら初めて涙を見せた。

村上新八郎は、死ぬ時と場所を探していたのかも知れない……。

左近は善國寺の境内を出た。

お静と新八郎の死体を残して……。

新八郎が死んだいま、お静が身体を売って金を稼ぐ必要はなくなった。

お静の泣き笑いは、新八郎の死を喜ぶものなのか、あるいは身体を売る理由がなくなったのを悔やむものなのか分からない。

だが、一つだけはっきりしているのは、お静は誰の束縛も命令も受けず、自分の意のままに暮らせることだった。


左近は神楽坂を下り、牛込御門前に出た。

寝静まっていた外堀の水面が、微かに音を鳴らして揺れた。

飛べ……。

左近の五感が、危機を告げた。

だが、闇から殺気が噴出し、夜空に飛ぼうとした左近を押し包んだ。

左近は自然体で佇んだ。

「女は見つかったか」

闇から錣半兵衛の声がした。

「いいや……」

「ならば、女の名を記した書付、渡して貰おう……」

「断る……」

次の瞬間、左近を押し包んでいた殺気が弾けた。半兵衛の配下たちが現れ、刀を閃かせて左近に殺到した。

左近は刀を抜かず、佇んでいた。

半兵衛の配下たちが、左近の見切りの内に猛然と踏み込んだ。左近は一歩も引かず、無明刀を抜き無造作に斬り下ろした。

最初に見切りの内に踏み込んだ配下が、真っ向に斬り下ろされて棒立ちになった。

一瞬の出来事だった。

半兵衛の配下たちは、何が起きたか理解できぬまま左近に襲いかかった。

無明刀が、星の瞬きのように輝いた。

半兵衛の配下たちが、血飛沫をあげて次々と倒れた。そして、最初に斬られて棒立ちになっていた配下が、ゆっくりと崩れ落ちた。

「おのれ、退け……」

半兵衛の悔しげな声が響いた。残っていた配下が闇に逃げ込み、殺気の全てが消えた。

鉄砲洲波除稲荷裏の寮に帰るのは、明日にしよう……。

左近は、尾行されて巴屋の寮を知られるのを恐れ、堀端の暗がりで時の過ぎるのを待った。

外堀の水面を撫でてきた風が、左近のいる暗がりを涼しく吹き抜けていった。


左近は四ッ谷を離れた。

長八の古着屋の表には、緋牡丹の花柄の着物が吊るされ、風に揺れていた。

左近は知らなかった。

昼下がり、長八の古着屋の表に、白い百合の花柄の着物が吊るされていたのを知らなかった。

頭巾を被ったお静が、黄昏時《たそがれ》の四谷伝馬町通りを伽羅の香りを漂わせ、角筈十二社権現に足早に向かっていた。

その眼をきらきらと輝かせ、夜目にも鮮やかな紅を唇に引いて……。

左近は知らなかった。

第三章　板橋　殺す女

一

黒い人影は、連なる屋根の上を走り、公事宿巴屋の屋根に忍んだ。

黒い人影は左近だった。

左近は、巴屋の周囲を見廻した。筋向かいに夜泣き蕎麦屋が店を開き、親父が巴屋に出入する者を監視していた。

見張り……。

監視者は、夜泣き蕎麦屋だけではなかった。路地という路地に人影が潜んでいた。おそらく半兵衛の手の者たちだ。半兵衛は、牛込御門前で左近が捜した女が違ったのを知った。そして、左近が巴屋に現れると読み、見張りを増やしたのだろう。

左近は監視者がいるのを確認し、巴屋の裏庭に飛び降りた。裏庭は、裏手に住む妾稼業の女の家との間にあり、表からは見えない処だった。

「そうですか、四ッ谷のお静さんも関わり、ありませんでしたか……」

左近の報告を聞いた彦兵衛は、書付に記された『四谷忍町・お静』の名前に墨を引いて消した。

「深川のお美代、四ッ谷のお静と消え、残り二人ですかい……」

房吉が書付を覗いた。

「ええ……三人目は、板橋《いたばし》のお福《ふく》……」

板橋のお福……。

それが、お静の次に書かれていた名前であり、左近が捜さなければならない三人目の女だった。

「その板橋のお福も、目黒白金村で神無月の生まれですかい……」

「そういうことですね」

「左近さん、目黒の白金村に何かあるんですかね」

左近は思わず房吉の顔を見た。

目黒白金村に何かある……。

房吉の素朴な疑問は、左近の忘れていたものを呼び起こしたのだ。それは彦兵衛も同じだった。

「左近さん……」

「目黒白金村。房吉さんの言う通り、調べてみる必要がありそうですね」

「ええ、どうしますかな……」

「旦那、左近さん、構わなければ、あっしがやりますぜ」

房吉が漸《ようや》く出番が来たと、張り切った。

「左近さん、敵の監視の眼は、左近さんに向けられています。房吉が動いても危険はないと思いますよ」

「分かりました。房吉さんにお願いします。ですが房吉さん、敵は目付の鳥居耀蔵と配下の柊右京介、そしてまだ正体の分からない半兵衛たち、どう出るか皆目見当もつきません。くれぐれも気をつけて下さい」

「合点承知、あっしも死にたくありませんよ」

房吉は様々な修羅場を潜ってきた男らしく、不敵な笑みを浮かべた。芝口《しばぐち》の湯屋の倅《せがれ》に生まれた房吉は、放蕩《ほうとう》時代に両親を殺されたのも同様な死に方をされ、その仇を密かに討って巴屋の下代《げだい》になった。そして、女房のお絹の屈辱を晴らすため、両国の顔役を左近や彦兵衛にも知られずに殺したほどの男だった。

「では彦兵衛殿、俺は明日から板橋に……」

「あっしは目黒に行って参ります」

「二人ともくれぐれも気をつけて……それから左近さん、青い眼の柊右京介の背後にいる鳥居ですが……」

「目付の鳥居耀蔵ですか」

「はい……」

彦兵衛の顔には、いつもは見られない緊張が漂っていた。

「……鳥居耀蔵がどうかしましたか」

「北町奉行所の青山さまに聞いたのですが、化け物の一人だそうですよ」

「化け物……」

「ええ……」

その日、彦兵衛は公事訴訟で北町奉行所を訪れ、与力の青山久蔵に逢った。

「どうだ巴屋、何か分かったか……」

久蔵は、彦兵衛に出涸《でが》らしの茶を差し出し、自分も啜りながら聞いてきた。

「はい。纏《まと》まりは欠いておりますが、いろいろと……」

「化け物は浮かんできたかい」

「……化け物にございますか」

「ああ、陰じゃあ妖怪とも呼んでいるがな」

「化け物に妖怪……青山さま、どなたのことでしょう」

「鳥居だよ。目付の鳥居耀蔵……」

目付の鳥居耀蔵が、化け物で妖怪……。

緊張感がいきなり湧き、彦兵衛の身体を貫いた。

鳥居耀蔵は、儒学者である林述斎《はやしじゆっさい》の七番目の子であり、側室の子だ。幼い頃から俊英の誉《ほま》れ高い耀蔵は、二十五歳の時に七千五百石の旗本鳥居家の養子となり、初めて幕府に出仕した。

以来、耀蔵は中奥番《なかおくばん》、徒頭《かちがしら》、西丸目付と累進し、本丸目付になった。

その頃の幕府は、実力者水野忠成の庇護《ひご》で育った水野忠邦《ただくに》が、唐津《からつ》藩主から浜《はま》松《まつ》藩主に国替えとなり、幕府重臣の地位を着々と進めて老中になっていた。

鳥居耀蔵は、その水野忠邦の懐刀として活動を始めていた。林家《りんけ》という儒学者の家に生まれた耀蔵は、西洋の学問や技術を『夷狄《いてき》の学問』として憎悪し、警戒心を募らせていた。そして、蘭学者である高野長英《たかのちようえい》の動向を密かに監視していた。耀蔵は、その高野長英の監視から、今度の一件を嗅ぎ出したのだ。

耀蔵には、疑いと皮肉に溢れた眼があった。

その眼が冷たく物事を監察し、秘密を嗅ぎ出しては非情な摘発をした。

出世だけを願う化け物……。


「化け物ですか……」

「ええ、青山さまのお話じゃあ、鳥居耀蔵は化け物と呼ばれているのを知り、嬉しげに笑ったそうだ」

「薄気味悪い奴ですね」

「ああ……」

「鳥居耀蔵……」

形の定かではない不気味な影が、ゆっくりと広がってくる……。

左近は、鳥居耀蔵に得体の知れぬ凄味を感じた。

九つ刻（深夜零時）が過ぎて日付の変わった頃、左近は亀島川に架かる高橋の傍に現れた。その先の八丁堀との合流点に稲荷橋があり、渡ると鉄砲洲波除稲荷と左近の暮らす巴屋の寮がある。

左近は稲荷橋の袂に佇み、暗い波除稲荷を見た。江戸湊の波の音が、微かに流れてくる海風と共に響いてきていた。

人の気配はない……。

左近は稲荷橋を渡った。

微かに流れていた海風が、一瞬大きく揺れて逆巻いた。

敵だ……。

左近は己の不利を悟った。

波除稲荷に潜んでいた敵は、既に左近の先を取って様々な攻撃を用意している筈だ。

迂闊には動けない……。

左近はじっと佇み、敵が仕かけて来るのを待つしかなかった。

たとえどのような事態になろうとも……。

左近は緊張を解き、ゆっくりと自然体になって敵の攻撃を待った。そして、己が察知できぬほど、巧みに気配を消していた敵が誰か思いを巡らせた。

青い眼の柊右京介……。

左近は、眼の前の闇に右京介の顔を思い描いた。その刹那《せつな》、殺気が熱い刃となって左近に突進してきた。

無明刀が閃いた。

甲高い音が短く響き、火花が散った。

弾き飛ばされた棒手裏剣が、八丁堀に落ちて水飛沫《しぶき》をあげた。

咄嗟に無明刀を抜いた左近の体勢が、僅かに崩れた。青い眼の右京介が、闇を斬り裂くように現れ、体勢の崩れた左近に電光の如くに刀を走らせた。

見切り、躱す間はなかった。

左近の左肩から真っ赤な血が飛んだ。

右京介は刀を返し、尚も左近に襲いかかった。

左近は、夜空に大きく跳躍した。

勝負……。

右京介は、必殺の一撃を与えようと、左近の頭上からの攻撃に対して構えた。

だが、左近は亀島川に飛び込んだ。

右京介は思わず狼狽した。そして、左近が浮き上がるのを待った。だが左近は浮き上がらず、真っ赤な血だけが川面に広がった。

左近は逃げた。

武士としての恥も外聞もなく……。

右京介は己の失敗を知った。己の甘さを思い知らされた。

左近が、手傷を負うのを覚悟で棒手裏剣を打ち払ったのは、膠着《こうちゃく》状態を破る誘いだったのだ。

左近は死地から脱出するのに、手段は選ばなかった。

まるで野生に生きる獣のように……。


左近は潜った。

斬られた左肩の傷は、意外に深いとみえ、激痛が全身を貫いた。左近は水中深く潜り、波除稲荷から離れた。

左肩の傷の痛みと息の出来ない苦しさが、左近から意識を奪い始めた。

まだ浮かび上がるのは早い……。

左近は必死に耐えた。潮の味が、仄《ほの》かに濃くなった。漸《よう》く江戸湊に出たのだ。

どうやら逃げ切った……。

左近は海面に浮上した。喉が甲高く鳴った。

佃島《つくだ》の灯りが、寄せては返す波の間から揺れて見えた。

柊右京介を見くびった……。

右京介は巴屋の寮を突き止め、波除稲荷に潜んで左近の帰りを待っていたのだ。

不覚……。

左近は己の迂闊さを悔やんだ。

巨大な公孫樹《いちょう》の木は、月明かりを浴びて淡い輝きを放っていた。

雑司ヶ谷鬼子母神《ぞうしがやきしもじん》の境内は寝静まり、裏の雑木林の中に建つ小さな百姓家には、久しぶりに灯りが灯った。

小さな百姓家は、秩父忍びの江戸での忍び宿であり、様々な忍び道具と薬草が隠されていた。そして、老中水野忠成と松平楽翁が忍びを使って互いに殺しあった時以来、人が出入りした気配はなかった。

黴《かび》の匂いと埃の溢れた百姓家の中で、左近は左肩の傷の手当てをした。肩の傷は、骨に届く寸前で止まっていた。

手当てを終えた左近は、『板橋のお福』を探す間、鬼子母神裏の百姓家に潜むことにした。鉄砲洲波除稲荷裏の巴屋の寮が、右京介に知られた事と、鬼子母神のある雑司ヶ谷が板橋に近いのも決めた理由だった。

左近は小さな灯を消した。

百姓家に闇が広がった。

獣の鳴き声と木々の葉鳴りが、静かに響き渡って闇の深さを感じさせた。

陽炎……。

いつしか左近は、闇の中に陽炎の面影を探していた。

左近の幼馴染みの陽炎は、秩父忍びとして総帥の秩父幻斎を助け、一族の建て直しに力を尽くしている筈だ。

左近は、記憶を失ったままでありながらも、秩父に懐かしさを感じた。いや、懐かしさは、秩父というより陽炎に感じたのかも知れない。

風鈴の音と共に一通の手紙が、便り屋《たよ》によって公事宿巴屋に届けられた。

便り屋とは、江戸の町々から集めた手紙を風鈴をつけた文箱に納め、相手に届ける町飛脚の一種である。

左近からの手紙だった。

手紙には、鉄砲洲波除稲荷裏の寮を出て姿を隠すので、心配するなとだけ書かれていた。

彦兵衛は、左近の身に何かが起こったのを直感した。

だが左近は、彦兵衛たちに心配をかけまいと事実を伏せ、行き先を記していなかった。

左近らしい行動だった。

だが、おりんは取り乱した。左近の身を心配し、惨めなほどに取り乱した。婆やのお春は、おりんの頬に平手打ちを加えた。おりんは、漸く我に返った。

房吉に動揺はなかった。いや、動揺がなかったと言うより懸命に押さえ、目黒白金村に通っていた。

房吉は広尾川《ひろおがわ》を渡り、大名の下屋敷や寺の多い白金に入った。

白金から目黒に続く通りは、田畑に囲まれた長閑《のどか》な通りだ。通りは、白金一丁目から十一丁目と続き、六軒茶屋町《ろっけんちゃやまち》、永峰町《ながみねちょう》となって二股に分かれる。

二股の右手西側の道が権之助坂《ごんのすけざか》、左手東側の通りが行人坂《ぎょうにんざか》と呼ばれていた。

権之助坂は目黒川を越え、大鳥神社《おおとりじんじゃ》に抜ける。行人坂は大火で焼けた大圓寺《だいえんじ》址、明王院《みょうおういん》の脇を抜け、目黒川に架かる太鼓橋《たいこ》を渡り、目黒不動に出る。目黒不動の門前には、茶屋が軒を連ね、参拝客で賑わっていた。

この目黒白金村で生まれ、裏に観音像の彫られた手鏡を持った女に何があるのだろう……。

房吉は目黒白金の坂道を歩き廻り、土地の様子と手掛かりになるものをつかもうとしていた。

配下たちを再び巴屋の監視に配置した錣半兵衛は、左近の行方を突き止めようと粘り強い探索を続けた。

一方、柊右京介は鉄砲洲波除稲荷裏の寮以外の巴屋に関わるところを洗っていた。

雑司ヶ谷道を抜けた左近は、板橋中宿《なかじゆく》に出た。

往来を右手に行けば巣鴨《すがも》を抜けて湯島《ゆしま》に続き、日本橋に出る。左手には石神《しやくじ》井《い》川を挟んで板橋上宿《かみしゆく》があった。その石神井川に板の橋が架かっていたところから、その地は『板橋』と呼ばれていた。

日本橋から二里八丁の板橋宿は、中山道《なかせんどう》の最初の宿場であり、川越街道との分岐地点でもあった。

板橋宿には旅籠《はたご》や茶屋が並び、旅人たちが賑やかに行き交っていた。

この宿場にいる目黒白金村で神無月に生まれたお福が、裏に観音像の彫られた手鏡を持っている女かどうかは分からない。

左近は町役人を捜し、お福という名の女の居所を尋ねた。

お福という名の女は二人いた。だが、目黒白金村生まれのお福は、一人しかいなかった。

板橋上宿の旅籠『小松屋《こまつ》』で下女奉公をしている十六歳の娘が、そのお福だった。

十六歳のお福は、顔にも身体にもまだ少女の面影を残していた。

お福は小松屋の掃除や台所の下働きなど、独楽鼠《こまねずみ》のように働いていた。左近は泊まり客が落ち着いてからお福を訪ねることにし、宿場を往来する旅人たちを見ながら夜を待った。

宿場には、旅人の汗と荷馬の匂いが、土埃に塗《まみ》れて漂っていた。左近は、その中で夜を待った。左肩の傷は、既に八割方は治癒し、闘いに不都合はなかった。

西の空に陽が沈み始めた。

沈む夕陽は、遠くに見える秩父の山々を黒い影にし、王子《おうじ》権現や飛鳥山《あすかやま》を赤く染めていった。

二

五つ刻（午後八時）が過ぎ、旅人たちは明日の道中に備えて行燈《あんどん》の火を消した。

軒を連ねる旅籠は大戸を降ろし、客の世話を終えた奉公人たちは、漸く晩御飯を食べて明日の仕度をする。

左近は小松屋の前に立った。

小松屋は大戸が降ろされ、軒行燈も消えていた。

裏の台所から訪ねる、最初からそう決めていた左近は、躊躇《ためら》いなく裏に繫がる路地に向かった。

男の断末魔の絶叫が、路地の奥からあがった。

左近は路地に走り込んだ。血の匂いが、生臭く鼻を衝いた。

路地の奥には、小松屋の台所の建物と納屋があった。台所から女中たちが恐ろしげに覗き、番頭や板前たち男衆が絶叫の主を探していた。

駆け込んだ左近は、血の匂いを辿って納屋の裏手に廻り込んだ。

若い男が、胸に包丁を突き立てられ、血に塗れて倒れていた。左近は若い男の様子を診た。微かに息があった。

「新助《しんすけ》……」

駆けつけた板前が叫んだ。新助というのが、刺された若い男の名なのだ。

「誰に刺された、新助」

「お、お福……」

新助が苦しげに喉を鳴らし、掠《かす》れた声で左近に答えて絶命した。

お福が刺した……。

「お福……」

左近は、意外な成り行きに思わず狼狽した。

「お福だ。お福が新助を刺した」

板前の仰天した声があがった。

「お福だ。お福が、新助を刺し殺したぞ」

恐ろしげな声が、見守っていた奉公人たちの間に一挙に広がった。
「いないよ。お福、何処にもいないないよ」
女の声があがった。
お福は新助を刺し、そのまま逃走したのだ。
追わなければならない……。
左近は小松屋を出ようとした。
「待っておくんなさい」
男の厳しい声が、左近の背に投げかけられた。
左近は油断なく振り返った。
背の高い痩せた男がいた。一見して男は、旅籠の奉公人とは違った。
浅黒く引き締まった顔、鋭く輝く眼、闘志を秘めた身のこなし。
ただの町人ではない。
房吉に似ている……。
房吉の顔が、左近の脳裏に浮かんだ。
「お前さん、何方《どなた》さんですかい……」
男は油断なく左近を窺い、尋ねてきた。

「……日本橋馬喰町の公事宿巴屋の出入物吟味人、日暮左近……」

威圧も警戒も躊躇《ためら》いもなかった。あるのは素直さだけだった。

「……そいつは御無礼しました。あっしは十手を預かる弁天の卯之吉《うのきち》と申しやす……」

懐の十手をちらりと覗かせた弁天の卯之吉は、巣鴨や板橋、そして王子・飛鳥山一帯を縄張りにする岡っ引きだった。

弁天の卯之吉の『弁天』は、滝ノ川弁天を謂《い》われとしているのだろう。

「で、此処には何をしに……」

卯之吉の眼の鋭い輝きが、きらきらとしたものに変わった。

「……お福に用があって来た」

卯之吉に小細工は無用だ……。

左近は正面から卯之吉に対した。

卯之吉は一瞬、緊張の色を浮かべたが、左近の真意をすぐに悟り、小さく笑った。

「そうしたら、一足違いだったたって訳ですかい」

「うむ……」

「宿場の出入り口には、若い者を走らせてあります。良かったら番屋で待っちゃあ頂けませんかい」

「構わぬが、お福を見つけた時には、半刻《はんとき》（一時間）ほど二人にして欲しい……」

「おやすい御用ですぜ」

卯之吉は小さく笑った。天真爛漫な少年のような笑みだった。

何故、お福は新助を刺したのだろう。そして、新助とは何者なのだ……。

左近は、少女の面影を残したお福を思い出していた。

どんな女も、男の決して分からない業《ごう》を秘めている……。

左近は、番屋で卯之吉が来るのを待った。

慣れない土地で闇雲に動くより、宿場の隅々まで熟知している卯之吉に任せた方が無難だ。左近が一帯で知っている唯一の場所は、水野忠成と松平楽翁の暗闘の折、伊賀忍びの頭領服部仁左衛門《はっとりにざえもん》と出羽忍びの月山《がっさん》の金剛《こんごう》が闘った王子権現だけだ。

左近は卯之吉を待った。

九つ刻、卯之吉は漸く現れた。

「お待たせしました」

「お福はどうしました」

「それが、何処に隠れたのか、まだ見つかりませんよ」

「……お福、どうして新助を刺したのか、分かりましたか」

「そいつは、お福当人に聞かなきゃあ詳しく分かりませんが、刺された新助って野郎は、土地の地回りとつるんでいる質《たち》の悪い女衒《ぜげん》でしてね。今までに何人もの女を騙しては、売り飛ばしているんですよ」

「では、お福も……」

「かもしれませんが、今までにお福と新助が一緒にいるのを見た者、一人もいませんでね。何とも言えないのです」

「そうですか……」

「ま、いつかはお縄にしてやろうと思っていた新助の野郎です。お福にもお上《かみ》の慈悲はあるってもんですが……」

卯之吉が眉を顰《ひそ》めた。

「……どうかしたのか」

「新助の仲間の地回り共が、お福を捜し始めましてね。何とか先に見つけなきゃあ……」

新助の仲間に捕まれば、お福は私刑を加えられた挙句、売り飛ばされるのに決まっている。卯之吉はそれを心配していた。

「ま、奴らに見つかった時は、紅葉寺《もみじでら》にでも逃げ込んでくれればいいんですが。もっともそこに逃げ込まれちゃ、あっしたちもお手上げですがね」

卯之吉は小さく苦笑した。

紅葉寺とは、不動明王を本尊とする金剛寺《こんごうじ》のことである。寺や神社は、寺社奉行の管轄で治外法権であり、町奉行所は支配違いで手を出せなかった。

卯之吉は、お福が寺に逃げ込むのを期待している……。

一瞬、左近はそう思った。

「今まで何故、新助を捕まえなかったのですか」

「それが、新助の野郎、お縄にしようとすると、あっしたち江戸の十手者の手の及ばねえ朱引《しゆびき》の外に逃げ出しましてね。悪知恵の働く野郎なんですよ」

卯之吉の顔には、悔しさと無念さが満ち溢れていた。

朱引とは、幕府が決めた江戸御府内の境界線であり、その外には江戸町奉行所の支配権は及ばなかった。新助は、その朱引を悪用する小悪党だった。

「卯之吉さん、お福の荷物、調べましたか」

「ええ、荷物といっても、奉公に来た時、旅籠の女将《おかみ》さんに貰った行李《こうり》が一つだけでしてね。着物と僅かな手紙や安物の小間物が入っていただけですよ」

「手鏡はありませんでしたか」

「手鏡ですかい……」

「ええ、二寸ほどのものです……」

「ありませんでしたよ」

卯之吉は躊躇いなく答えた。

お福は手鏡を持ち歩いているのか、それとも持っていないのか……。

持っていないとしたら、お福は探している女ではない。

とにかくお福本人に確かめるしかない。

「左近の旦那、お福に用ってのは、その手鏡の事なんですかい」

卯之吉は鋭さを見せた。

「ええ……」

「もしお福が、旦那の言った手鏡を持っていたら、どうなるんです」

「分からぬ……」

左近は正直に答えた。

卯之吉は、怪訝に左近を見つめた。

「……分からないのに捜してるんですか」

「見つけた時、初めて分かる……」

「なるほど、違いねえ……」

卯之吉は笑った。岡っ引きにしては、邪気のない明るい笑顔だった。

「では……」

左近は番屋を出ようとした。

「何処に行くんです」

「お福を捜しに……」

「でしたら、面倒でもこいつを持っていっておくんなさい……」

卯之吉は、懐から弁天像の描かれた小さな木札を出し、左近に渡した。

「……これは」

「へい。そいつを見せれば、あっしの息のかかった若い者は、旦那の邪魔はしません」

「すまぬ……」

「礼だなんてとんでもねえ。若い者が旦那に下手な真似をして、半殺しにされちゃあ、たまりませんからね」

卯之吉は、左近の腕を見抜いていた。

「預かる……」

左近は弁天像の描かれた木札を懐に入れ、番屋を出た。


夜更けの板橋宿は、月明かりを浴びて寝静まっていた。

左近は大きな旅籠の屋根に忍び、宿場を見廻した。

早立ちをする旅人で朝の早い宿場は、お福が新助を殺したのも忘れ、ぐっすりと眠り込んでいた。

だが、眠っている者たちばかりではなかった。宿場の辻には、身を潜めている男たちの気配が漂っていた。おそらくお福を捜す卯之吉の配下と、殺された新助の仲間だろう。そして、眠っていない者がもう一人、確かにいる筈だった。

お福……。

卯之吉の素早い手配りは、お福に充分な逃げる時を与えなかった筈だ。

まだお福は、板橋宿界隈の何処かに潜んでいる。左近はお福に思いを馳《は》せた。

昼間、夏の日差しを充分に浴びている畑は、温かく乾いていた。お福は浮かぶ汗で土を泥に変え、畑の中を王子権現に向かって逃げていた。

新助を刺し、死んだかどうかを確かめる間もなく、お福は逃げた。だが、既に宿場の出入り口は、弁天の卯之吉親分の子分たちが塞《ふさ》いでいた。そして、新助の仲間の地回りたちも自分を捕まえに動き出した。お福は逃げ惑い、畑に身を潜めて這い進むしかなかった。

お福は畑を抜け出し、幾つもの道に分かれている辻に出た。月明かりに透かして見た辺りに人影はない。

お福は安堵の吐息を漏らし、どの道を行くべきなのか迷った。

一番右の道は、畑を抜けて公儀の御薬園《おやくえん》、藤堂和泉守《とうどういずみのかみ》の下屋敷などの傍を通り、駒込《こまごめ》に続いている。

次の道は、畑の中を八代将軍吉宗《よしむね》が植樹した桜で名高い飛鳥山や無量寺《むりようじ》に向かい、その次は松橋弁天から王子稲荷社や王子権現への道であった。

そして、最後の左の道は、板橋に戻ることになり、今のお福には一番不要な道だった。

迷い続けている暇はなかった。お福は王子稲荷や王子権現への道を選んだ。やがて、松橋弁天と金剛寺が見えてきた。お福は先を急いだ。

風が吹き始め、お福の足元をふらつかせた。

七つ刻（午前四時）が過ぎ、東の空が白み始めた。

早立ちの旅人たちが、旅籠の者に見送られて往来に現れ、吹き続ける風の中を出立していく。

卯之吉の配下と新助の仲間たちは、変わった動きを見せずに宿場の出入り口から姿を消した。

お福は逃げ切った……。

左近は旅籠の屋根を降りた。

「何だ手前《てめえ》……」

路地に降りた左近に、乱暴な声が浴びせられた。

四人の地回りが、派手な柄の半纏《はんてん》を風に翻していた。

「私のことか……」

「ああ、屋根の上で何をしていたんだ」

「別に……」

左近は、地回りたちに背を向けた。

「待て」

地回りたちが、素早く左近を取り囲んだ。

「……不動《ふどう》一家を嘗めるんじゃねえ」

「不動一家……」

「ああ、板橋で不動一家に楯突くとただじゃあすまねえぜ……」

不動一家と名乗った地回りの一人が、引き攣ったような作り笑いを浮かべた。

嘲《あざけ》りと残忍さを秘めた笑いだった。

こんな奴らが、仲間の新助を殺した下手人としてお福を追っている……。

唐突に吐き気を覚えた。

乾いた風が、土埃を巻き上げた。

左近は風を避けるように眼を細め、地回りたちに嘲笑を向けた。

「手前」

地回りの一人が、猛然と左近に殴りかかった。左近はかわさず、顔に迫った地回りの拳を左の掌で受け止めた。驚いた地回りが、拳を引こうとした。

刹那、左近は無造作に地回りの拳を捻った。地回りの肩が乾いた音を鳴らし、その身体が大きく回転して土埃をあげた。獣のような悲鳴があがった。地面に叩きつけられた地回りは、砕かれた肩を押さえて激痛にのたうち廻った。

残った地回りたちが、一斉に後退して匕首《あいくち》を抜き払った。微かな緊張感を漂わせ、無言で左近を見つめた。

人殺しに慣れている……。

二人目の地回りが、無言のまま左近に突きかかった。間を置かず、三人目の地回りが動いた。そして、四人目が続いた。相手に間を与えず、確実に倒す攻撃だった。おそらく、こうして何人もの相手を倒してきたのだ。だが、必殺の攻撃は、相手を真剣にさせて命取りになることがある。

左近は、僅かな時間差で襲いかかる匕首を真上に飛んでかわし、二人目の地回りの額を鋭く蹴り、背後に大きく飛んだ。

額を蹴られた地回りは、首を折られたのか顔を仰け反らせ、膝から垂直に崩れ落ちた。

残った二人の地回りは、必殺の攻撃を簡単に破られて動揺した。

左近に容赦はなかった。動揺した地回りたちの怯えた両眼に左右の手の二本の指を鋭く放った。

二人の地回りは、血の噴き出す両眼を押さえて倒れ、悲鳴をあげた。

左近は、風に舞い上がる土埃の中に倒れている地回りたちを一瞥した。一片の哀れみもない冷たい眼差しだった。

背後に人の気配がした。

五人目がいた……。

左近は素早く振り返った。

若い男が、慌てて逃げようとした。左近は、若い男の背に向かって飛んだ。

「待ってくれ」

切迫した男の声が、左近に投げつけられた。

卯之吉の声だ。

左近は、辛うじて攻撃を止めた。

「旦那、そいつはあっしの処の下っ引きの寅吉《とらきち》です」

卯之吉は安堵の吐息を漏らした。寅吉と言う若い男は、恐怖に強張った顔を何とか元に戻そうとしていた。

「馬鹿野郎、旦那の人相、教えた筈だぜ」

「へ、へい……」

「……やってくれましたね、旦那」

卯之吉は、倒れている男たちを見廻し、苦笑した。

「不動一家の者たちだそうだ……」

「ええ、新助の仲間です。寅吉、息のある奴を玄庵《げんあん》先生の処に連れて行ってやれ」

「承知……」

寅吉が恐る恐る左近の脇を通り、倒れている地回りの傍に行った。

「で、何があったんです」

「別に……」

「別に何もないのに叩きのめしたってんですかい」

「降りかかる火の粉は払うまで……」

「じゃあ、奴らが先に……」

「左様、私が気に入らなかったのだろう」

「ふふん、あっしはてっきり旦那が仕掛けたと思いましたぜ」

「私が……何故、そう思った」

「奴らにお福を捕まえさせたくない……」

卯之吉の言う通りなのかもしれない。左近は、唐突に湧いた吐き気の正体を知った。

「旦那、朝飯、食べましたか」

「いいや……」

「でしたら、美味い朝飯、食わせる店がありますよ」

「……私を番屋に連れて行かぬのか」

「ふん、身のほどを知らねえ奴らが、先に手を出した。その罰が当たっただけの事ですよ」

卯之吉は不敵な笑みを見せた。

王子権現に参拝客が訪れ始めた。

裏手の雑木林は、日が昇っても木洩れ日が僅かに降り注ぐだけで薄暗く、隠れるには都合が良かった。

夏の夜の雑木林は、梟《ふくろう》や狐の鳴き声が時々響くだけで野宿に不都合はなかった。だが、お福は小刻みに震え続けた。それは、夜の寒さは言うまでもなく、新助を刺した罪の重さに対してではない。空腹感と煩《うるさ》い藪蚊のせいだった。無一文のお福は、雑木林に逃亡の身を潜め続けた。何処に逃げるにしても金は必要だ。

だが、お福が王子権現を動かなかった訳はそれだけではなかった。それ以上にお福は、新助の生死を確かめたかった。

お福はその手立てを懸命に考えた。考えている時だけ、お福は空腹や藪蚊の煩《わずら》わしさを忘れる事が出来た。

「それで、お福が新助を刺した訳、分かったのですか」

左近は窓の外に見える家から眼を離し、卯之吉に尋ねた。眼を離した家の腰高障子には、『不動』の文字が大きく書かれていた。

卯之吉は左近を朝飯に誘い、不動一家の前にある一膳飯屋に連れてきた。それは、不動一家と事を構えた左近に、出来るだけの情報を与えるためだった。

左近は、卯之吉の周到さに少なからず感心した。

「いえ、まだです……」

卯之吉は、不動一家を見つめたまま答えた。

不動一家には、地回りたちが慌ただしく出入りしていた。新助が殺され、四人の子分が激しく痛めつけられたのだ。黙っていられる筈はない。

「お福は目黒白金村の生まれの筈ですが、どういう伝《つて》で小松屋に奉公したのですか」

「そいつなんですがね。仰る通りお福は、白金村の水呑み百姓の家に生まれましてね。最初は、お福の姉さんが小松屋に年季奉公をしていたんですが、男を作って逃げ出しましてね。それでお福は、残った七年の年季の身代わりに二年前、奉公に来たって訳です」

姉の身代わり奉公……。

二年前、十四歳だったお福には、理不尽な出来事だった筈だ。

新助を刺した理由は、そこにあるのかもしれない。

左近の脳裏に、少女の面影を残したお福の顔が浮かんだ。

「……卯之吉さん、お福は何処にいると思いますか」

「……そいつを聞いてどうするんです」

「どうするか……まだ、分からない……」

左近は正直に答えた。

お福が、裏に観音像の彫られた手鏡を持つ探している女だったら、卯之吉とも闘わなければならなくなる。

「王子権現、無量寺……その辺りかも知れません」

左近の睨みも同じだった。

「手は打ってあるのですか……」

「一応は……ですが、不動一家の連中の眼は引きたくありませんので……」

卯之吉は慎重だった。不動一家の注意を自分に引きつけ、僅かな人数で王子権現や無量寺を探索させているのだ。

「旦那……」

卯之吉が、不動一家を見たまま左近に声をかけた。

「野郎が、元締の不動の長兵衛《ちょうべえ》です」

卯之吉が、不動一家から出てきた中年男を示した。

不動の長兵衛は、痩せて背の低い平凡な男に見えた。だが、王子権現や無量寺など地元の祭礼では、各地から集まる香具師《やし》を仕切る闇の男でもあった。

「お供の浪人は、用心棒の日下鋭之進《くさかえいのしん》。直心流《じきしん》の使い手だそうですぜ」

「直心流……」

日下鋭之進は辺りを鋭く一瞥し、出かけて行く長兵衛を背後から守った。

「じゃあ旦那、あっしはこれで……」

卯之吉が慌ただしく立ち上がった。

「どうしました……」

「ふん、長兵衛の行き先は、きっとあっしの家ですよ」

「卯之吉さんの家……」

「ええ、旦那の居所を教えろってね」

子分を痛めつけられて黙っていては、地回りの親分は務まらない。長兵衛は左近を探し出し、報復しなければならない。それが、子分を抱えた親分の立場だ。

「もっとも、此処で別れた後の旦那の行方は、如何に岡っ引きのあっしでも分かりゃあしません。じゃ御免なすって……」

卯之吉は、一膳飯屋の親父に声をかけ、素早く裏口から出て行った。おそらく、長兵衛たちの先回りをするのだろう。

度胸の据わった男……。

左近は卯之吉を見送り、間を置いてやはり裏口から一膳飯屋を出た。そして、路地伝いに巣鴨辻町《つじまち》に行き、茶店の傍の道を岩屋弁天通りに向かった。

昨夜から板橋宿に吹き抜けていた風は、いつの間にか止んでいた。

三

「そうか、日暮左近なる者の行方、未《いま》だつかめぬか……」

「はっ。牛込御門前で見失ったまま……申し訳ございませぬ」

鍛半兵衛は、苦渋に満ちた顔を家老の荻森兵部に下げた。

「鳥居耀蔵や柊右京介どもは……」

「幸いなことに、やはり分からぬ様子にございます」

「日暮左近か……」

四方を囲む畑から吹く風は、伊予宇和島藩十万石伊達家の江戸下屋敷の奥座敷を静かに吹き抜けていた。

「……何か」

「半兵衛、日暮左近に逢えぬか……」

「逢って我が藩の苦衷《くちゅう》を語り、力添えしては貰えぬものかとな……」

「御家老……」

兵部は、老いた顔に厳しさを滲ませた。

伊予宇和島藩伊達家の江戸下屋敷を出た半兵衛は、南側の畑の間の道を抜け、讃岐《さぬき》高松《たかまつ》藩と三河《みかわ》西尾《にしお》藩下屋敷の傍を通って白金から目黒に続く道に出た。

大圓寺址、明王院、大鳥神社、目黒不動に続く道には、参拝客が行き交っていた。

半兵衛は広尾川に向かった。そして、白金四丁目の辻を左手に曲がった時、一人の男とすれ違った。

房吉……。

半兵衛は思わず立ち止まり、振り返った。

去って行く男は、公事宿巴屋の下代の房吉に間違いなかった。半兵衛自身が、巴屋を監視して何度も見た顔だ。半兵衛は、密かに房吉を追った。

目黒白金村に何があるのだ……。

房吉は、明かりの見えない探索に苛立っていた。募る苛立ちは、房吉の神経を過敏にし、新妻のお絹との暮らしにも影響を与えた。

新妻のお絹は、由井正雪《ゆいしょうせつ》の埋蔵金を巡っての事件に巻き込まれ、心身ともに深く傷ついた。そして、房吉の愛で立ち直り、漸く新所帯を持ったのだ。

夜、お絹は身を硬くして、房吉の愛撫に懸命に耐える。立ち直ったとはいえ、傷ついた心と身体は本能的に男を拒み続けていた。

房吉は決して無理強いはせず、お絹が許す範囲で夜を過ごした。震えるお絹を、幼子のように抱き締めて、夜明けを迎える時もあった。だが、昨夜は違った。房吉の募る苛立ちは、お絹への無理強いになった。お絹は恐怖に震え、泣いた。房吉は我に返り、お絹に詫びた。

悔やみ、自分を責めながら、詫びるしかなかった。

房吉は、広尾川から目黒不動に続く道にある小間物屋を訪れ、裏に観音像が彫られた手鏡について尋ねた。今のところ、知る者は誰一人としていなかった。

房吉は、目黒川に架かる太鼓橋に佇んだ。

紅葉で名高い太鼓橋は、秋には多くの見物客で賑わう。

目黒川の川面は、佇む房吉の姿を映した。

川面は、房吉の他に佇む者がいるのを教えてくれた。

医者らしい姿のその男は、太鼓橋の袂に佇み、辺りの景色を眺めながら房吉の様子を窺っていた。

医者……。

医者の姿をした半兵衛……。

房吉は、左近の言葉を思い出した。

医者姿の男が半兵衛なら、自分を尾行し、見張っているのかも知れない。だとしたら、いつから尾行しているのだ。

浜松町の家を出て、広尾川に架かる四ノ橋を渡るまで、後をつけてきた者がいないのは確かだ。

尾行されたのは、白金から目黒不動に続くこの道に入ってからなのだ。つまり半兵衛は、この道で偶然自分を見つけ、後をつけたのだ。

では何故、半兵衛はこの道にいたのだ……。

房吉は懸命に答えを探した。

おそらく半兵衛は、この界隈の何処かに用があって来ていたのだ。

そこに、裏に観音像の彫られた手鏡の秘密を解く手掛かりがあるのかも知れない。

明日からは、半兵衛が用のある場所を探し、突き止めるのだ。

房吉は、漸く明かりを見つけた思いだった。


半兵衛は房吉を追った。

房吉は目黒不動を参拝し、名物の飴と餅を買って来た道を戻り始めた。

単なる参拝だったのか……。

半兵衛は気づかれたとも知らず、房吉の尾行を続けた。


紅葉の名所の松橋院《しょうきょういん》金剛寺を通り抜けた左近は、石神井川から音無《おとなし》川と名を変えた川に架かる小橋を渡り、王子の地に入った。

日本橋から二里半の王子は、音無川が大地を削って小さな渓谷を作り、古くから景勝の地として賑わっていた。

左近は、参拝客と共に王子権現の鳥居を潜った。台地端の崖上に建てられた王子権現は、鎌倉《かまくら》時代に豪族の豊島《としま》氏が、紀州熊野権現を勧請したものであった。

広い境内には、参拝客が行き交っていた。そして、王子権現の隣には、稲荷の関東総社である王子稲荷があった。

追われているお福が、境内にいる筈はない。

左近は、王子権現と王子稲荷の周囲を囲む林に静かに踏み入った。

薄暗い林の中には、木洩れ日が眩しく揺れていた。左近は林の中に静かに佇み、人の気配を探った。林の中には、兎や狐などが蠢《うごめ》く気配がするだけだった。左近は下草を踏みしめ、ゆっくりと進んだ。

王子稲荷の横手の林に来た時、僅かに人が来る気配がした。左近は素早く身を潜めた。

木立の間から二人の男が現れた。二人の男は、何かを探しながらやって来る。

卯之吉配下の下っ引きか、あるいは不動一家の者なのか……。

不動一家の者なら見過ごしには出来ない。左近は、小さな木札を二人の足元に投げた。

二人の男は、驚いたように身構えた。そして、足元に落ちた木札を拾い上げた。

木札には、弁天像の絵が描かれていた。卯之吉に貰った物だった。

二人の男は緊張を解き、辺りに持ち主を探した。

卯之吉の配下の者たちだった。

左近は木立から出た。

二人の下っ引きは、小さく会釈をしながら左近に駆け寄った。

「日暮左近の旦那ですか……」

年嵩《としかさ》の下っ引きが、柔らかな口調で尋ねてきた。

「卯之吉さんの処の人たちですね」

「へい。あっしは市松《いちまつ》、こっちは竜次《りゅうじ》です」

年嵩の下っ引きが、隣の若者を示した。竜次という名の若者が、暗い目で左近に会釈をした。

「お福は……」

「まだ……」

「見つかりませんか」

「ですが、この先に人が野宿をした跡がありましたよ」

「では、お福は既に此処を……」

「出たかも知れませんね」

「岩屋弁天、飛鳥山、それとも無量寺に行ったか……」

竜次が呟いた。

「分かりました。では、私は無量寺に行ってみます」

左近は、無量寺に続く道に向かおうとした。

「旦那……」

竜次が緊張した声で呼び止めた。

「……なんです」

「どうして、お福を捜しているんですか」

「聞きたい事があります」

「そいつはどんなことで……」

「止《や》めるんだ、竜次」

市松が竜次を窘《たしな》めた。

「すいません……」

竜次は左近に頭を下げた。

「旦那、竜次の野郎、新助に恨みがありましてね。いつか必ず殺してやろうと思っていたそうです」

「それを、お福が先にやりましたか……」

「あっしが、さっさと殺しときゃあ良かったんです」

竜次は悔やんだ。暗い眼差しだった。

「旦那、正直に言います。あっしはお福を逃がしてやりてえんです。卯之吉の親分や不動の長兵衛から……お願いだ、旦那。お福を助けてやってくだせえ」

竜次は土下座した。

「旦那……」

年嵩の市松が、竜次に同情している眼差しを向けた。

「……出来るだけの事はします」

左近は竜次たちを残し、林を出て無量寺に向かった。

下っ引きの竜次は、お福を助けるために死ぬ覚悟をしている……。

左近は、竜次に熱い一途な思いを見た。


王子権現の裏には、参拝客や行楽客が訪れる茶屋が軒を連ねていた。

左近は音無川に架かる飛鳥橋を渡り、坂道をあがって一本桜の辻を右に曲がった。やがて、無量寺をはじめとした寺々が見えた。


板橋宿は厳しい警戒が既に解かれ、普段通り中山道や川越街道を行き交う旅人で賑わっていた。

密かに板橋宿に入ったお福は、裏路地を歩き廻って新助の生死を確かめた。

新助は死んでいた。

お福は嬉しかった。新助を殺した罪悪感は、欠片《かけら》もなかった。畑の中を逃げ、王子権現裏の雑木林で夜を過ごし、危険を承知で戻ってきた甲斐があったのだ。

お福の喜ぶ顔には、いつの間にか少女の面影が戻っていた。

板橋の宿にもう用はない……。

旅籠小松屋で働いた二年間には、取り立てて楽しい思い出もなく、何の未練もなかった。

だが、お福に行く処《ところ》はなかった。目黒白金村で百姓をしていた両親と、たった一人の姉妹だった姉もいない。天涯孤独のお福には、逃げ込む処はなかった。お上に捕まれば磔《はりつけ》獄門、不動一家に見つかれば嬲《なぶ》り殺しにされる。何《いず》れにしろ自分は、十六歳で殺されて死ぬのだ。

そう思った時、両親と姉の顔が浮かんだ。

もう、死んだっていいんだ……。

お福は、逃げるのが面倒になった。生きていくのが億劫《おっくう》になった。

「お福」

男たちの怒号が背後であがり、猛然と駆け寄ってくる足音が響いた。不動一家の地回りたちだった。

お福は逃げなかった。

駆け寄った四人の地回りが、お福の頬を張り飛ばした。お福は路地の塀に叩きつけられ、地面に倒れた。頬の痛みを感じる間もなく、脇腹を蹴られ、背中を踏みつけられた。

お福は悲鳴をあげず、許しも請わなかった。

「この女……」

それが、地回りたちの凶暴さを招いた。

お福は殴られ、蹴られ、翻弄された。

痛みは、それほど感じなかった。ただ、口の中に広がる血と土の匂いが気になった。

地回りたちは、血と泥に汚れてぐったりしたお福の襟首を取って引きずった。

元締の長兵衛の元に連れて行くのだ。

お福は、仰向けにずるずると引きずられながら、霞む眼を開けた。

狭い路地の塀の上には、抜けるような青空が広がっていた。

綺麗……。

痛みや苦しさを感じなかった。ただ、青空の美しさだけを感じた。

黒い影が、唐突に青空を過《よ》ぎった。

男たちの争う声が飛び交い、お福は頭を地面に打ちつけた。引きずっていた地回りが、襟首から手を離したのだ。

竜次は駆け込みざまに、お福を引きずっていた地回りを蹴り上げた。

地回りたちは、思わず怯んだ。竜次は、ぼろ布のように投げ出されたお福を庇って立った。

「お福はお上が預かるぜ……」

竜次は市松と王子権現で別れ、宿場に戻ってきた時、地回りたちがお福を痛めつけているところに出くわした。

「大丈夫か……」

竜次はお福を抱き起こした。

お福の傷ついた顔が、見知らぬ男に怪訝に歪んだ。構わず竜次は、お福を背負った。

「竜次……」

地回りたちが、眼を据わらせて静かに匕首を抜いた。

「……お上に逆らうのかい」

「何がお上だ……」

地回りの一人が、怯みもせずに匕首で突きかかった。

咄嗟に躱した竜次は、お福を背負って逃げた。地回りたちは追った。追い組って次々と竜次に突きかかった。

竜次はお福の身体を左手で支え、右手だけで懸命に闘った。

渡してたまるか……。

お福は十六歳の身で新助を殺し、地回りたちに嬲《なぶ》りものにされながらも悲鳴をあげず泣きもせず、許しも請わない。

竜次はお福に愛しさを感じた。

血が飛び散った。

竜次は次々と手傷を負い、乱れた着物は血に染まり始めた。

お福は分からなかった。竜次の名前も、命懸けで助けてくれる理由も分からなかった。

竜次の動きが鈍くなるのにつれて、地回りたちの顔に嘲笑が滲んだ。

「死んでもいい……」

お福は呟き、竜次の背中から降りようともがいた。

「冗談じゃあねえ……」

竜次は、もがくお福を背負い直した。

その時、地回りの匕首が、竜次の脇腹を抉《えぐ》った。思わず竜次は、お福を支えていた左手を放した。お福が地面に落ちた。

「逃げろ。逃げてくれ……頼む」

竜次は苦しげに顔を歪ませて叫び、襲いかかる地回りたちと闘った。

逃げなければならない……。

突然、お福はそう思った。

自分を助けようと、命懸けで闘っているこの人のために逃げなければならない。

お福は、板塀伝いに立ち上がり、歩き出した。脚は重く、激痛が身体を貫いた。

竜次は自由になった左手も使い、お福を追いかけようとする地回りたちを必死に食い止めた。

お福が路地の出入り口に近づいた時、行く手に日下鋭之進が立ち塞がった。思わずお福は、短い驚きの声をあげた。

竜次が振り向いた。

同時に地回りたちの匕首が、竜次の身体に次々と叩き込まれた。

一撃目の激痛が、竜次の全身を貫いた。だが二度目の打撃が、一撃目の激痛を消し去った。そして竜次は、三度目の打撃から何も感じはしなかった。

地回りたちが、竜次の身体に突き刺した匕首を次々と引き抜いた。匕首を引き抜かれた竜次は、独楽のように二度ほど回転し、ゆっくりと崩れ落ちて土埃を舞い上げた。

四

旅人で賑わう板橋宿の裏側は、殺気で満ち溢れていた。

左近は敏感に殺気を感じ取り、卯之吉の家を訪れた。

卯之吉は血塗れの竜次の死体を前にし、怒りに震えていた。

「竜次さんを殺したのは、不動一家の者たちですか……」

「ええ、お福を助けようとして、殺されたんです」

卯之吉の震える声には、凄まじい怒りが込められていた。

「お福……」

「不動一家の奴らが、連れて行くのを見た者がいます」

お福は板橋宿に戻っていた。

何故だ……。

お福は何故、危険な板橋宿に戻ったのだ。左近は、お福の気持ちが理解できなかった。

「旦那、あっしたちは、これから不動一家に踏み込んでお福を取り戻します。そいつが竜次の一番の供養《くよう》ですから……」

「竜次さんは何故、新助を恨んでいたのです」

「旦那……」

市松が、竜次の顔の血を拭いながら左近に語りかけた。

「……竜次はがきの頃、二親を亡くしましてね。たった一人の兄貴に育てられたんです。兄貴は宿場の衆の走り使いをして、竜次を育てて……その兄貴の惚れた娘が、新助に騙されて女郎屋に売り飛ばされ、兄貴は慌てて助けに行って……殺されて帰ってきたのです」

「下手人、新助なのですか……」

「ええ。ですが、殺した証拠は何もなく、どんなに責めても口を割らなかった」

卯之吉が悔しげに答えた。

以来、竜次は新助を恨み、お福を助けようとした。

卯之吉の言う通り、お福を取り戻すことが、竜次の供養なのだ。

「親分……」

下っ引きの寅吉が、血相を変えて駆け込んできて、不動一家の喧嘩仕度を報せた。

「長兵衛の野郎、手下を半殺しにしたのが誰か、親分が教えなかったのを恨んでいやがるんですぜ」

卯之吉と長兵衛は、長年の確執をお福の一件をきっかけに爆発させようとしていた。

「それでお福は……」

左近は寅吉に尋ねた。

「へい。卯之吉の親分が、お上風を吹かせるとぶち殺すと……土蔵に閉じ込めているそうです」

「長兵衛、汚ねえ真似しやがって……」

沈着冷静な卯之吉が、焦りと苛立ちを見せていた。

「卯之吉さん、長兵衛は私の身柄を欲しがっているのではありませんか」

「えっ、そりゃあまあ、可愛い子分どもを半殺しにした相手ですから……」

「では、私が行ってみましょう」

「旦那、そいつは危ねえ」

「お福を無事に助け出すには、それしかないでしょう」

左近は楽しげに微笑んだ。

凄絶さを秘めた微笑みだった。

思わず卯之吉は、背筋に寒気を感じた。左近の微笑みに、余裕と冷酷さを垣間見たからだった。

阿修羅の微笑み……。

そこには、底知れぬ恐ろしさが秘められている。

卯之吉は左近を見送った。

左近は微笑みを浮かべ、不動一家に向かって行った。

不動一家の元締《もとじめ》長兵衛は、警戒を厳しくしていた。

長兵衛はお上から十手を預かり、二足の草鞋《わらじ》を履くのを望んでいた。そのためには、若造の癖に切れる卯之吉が邪魔だった。卯之吉がいる限り、長兵衛は板橋宿の十手者にはなれないのだ。お福の一件は、卯之吉を叩き潰すのに丁度良い機会であった。

お福を利用する。

それが、長兵衛の企てだった。そのために長兵衛は、子分の新助を刺し殺したお福を殺さず、土蔵に閉じ込めた。

お福の身柄を押さえている限り、卯之吉は無理押しをして来ない筈だ。

長兵衛と用心棒の日下鋭之進は、卯之吉が現れるのを待った。

表に子分たちの怒号があがった。

卯之吉が来た……。

長兵衛がそう思った時、腰高障子が開けられ、左近が手下たちに取り囲まれて入ってきた。

用心棒の日下鋭之進が、咄嗟に刀を持ち替えた。

左近は微笑みを浮かべていた。

「なんだい、お前さん……」

長兵衛が探るように尋ねた。

「私は日暮左近」

日暮左近……。

手下たちを半殺しにした男だ。日下は見抜き、長兵衛に囁いた。長兵衛の顔には、驚きと怒りが湧いた。子分の地回りたちが、長兵衛の顔を見て一斉に緊張した。

「……で、その日暮左近さんが、何の用だい」

「お福を貰い受けにきた」

「卯之吉に頼まれたんですかい……」

「いいえ、私がお福に用があるんです」

「お前さんが、お福に用……」

「ええ、お福のいる土蔵は何処ですか」

左近は框《かまち》にあがった。

「待て……」

長兵衛の怒声が飛び、子分たちが左近の前に立ちはだかり、身構えた。

左近は子分たちを見据えた。

「……竜次さんを殺したのは、誰ですか」

唐突な問いに、四人の子分が僅かな狼狽を見せた。

「お前さんたちですか……」

左近は、ゆっくりと四人の子分に対した。

「退け」

日下の切迫した声が、四人の子分に飛んだ。

刹那、無明刀が閃き、瞬いた。

日下が長兵衛を庇い、素早く後退りした。

四人の子分の手足が斬り飛ばされ、血飛沫が舞い散った。

手足を失った四人の子分は、血を撒き散らしてのたうち廻り、竜次を嬲り殺しにした報いを受けた。

取り囲んでいた子分たちが、眼の前の光景を飲み込めず、呆然と立ち尽くしたまま血飛沫を浴びていた。

恐るべき左近の手練だった。

手足を斬り飛ばされた子分たちは、絶命したり気を失って沈黙し、不動一家の者たちは凍りついた。

「……お福のいる土蔵は何処です」

左近が沈黙を破った。

我に返った子分たちが、我先に慌てて後退りした。

「手前……」

長兵衛が左近に眼を据え、低い声を怒りに震わせた。

「斬れ、殺せ」

長兵衛の怒号が、甲高くあがった。

恐ろしげに見ていた子分たちが、弾かれたように匕首や長脇差を抜き、己を奮い立たせるような雄叫びをあげて左近に殺到した。

無明斬刃……。

子分たちは、勢いだけで左近の見切りの内に飛び込んだ。

左近は、静かに無明刀を斬り下ろした。

子分たちは、左近に近づく事も許されずに次々に斬り倒された。

「殺せ、殺せ、殺せ……」

長兵衛は狂ったように吼《ほ》え、怯えて逃げる子分を我が手で斬った。

追い詰められた子分たちは、嵐に巻き込まれた木の葉のように翻弄された。

強い、強過ぎる……。

日下鋭之進は、左近の阿修羅の如き強さに驚き、一人密かに脱出した。

静寂が再び訪れた。

血塗れの子分たちの呻きと啜り泣きが、微かに漏れているだけだった。立っている者は、左近と長兵衛だけだった。

左近は静かに長兵衛を見た。

長兵衛は恐怖に声を失い、虚脱状態で立ち竦んでいた。

「お福の処に案内して貰おう……」

左近は静かに告げた。

我に返った長兵衛が、恐怖の叫びをあげて逃げようとした。左近が行く手を遮り、再び告げた。

「お福は何処だ……」

恐怖に染まった長兵衛の眼が、小刻みに震えた。

扉が開き、土蔵の中に夕陽が差し込んだ。縛られたお福が、幼さを残した顔と身体を傷だらけにし、死んだように横たわっていた。

左近は、扉を開けた長兵衛を残して土蔵に入り、お福の縄を解いて息を窺った。

お福は熱を出し、息を荒く鳴らしていた。

無事で良かった……。

左近は、安堵の吐息を小さく漏らした。

首筋に殺気を感じた。

無明刀が背後に一閃した。

長脇差を振り翳《かざ》した長兵衛が、首から血を滴らせてゆっくりと崩れ落ちた。

左近は無明刀を納め、お福を背負って土蔵を出た。


黄昏時が過ぎ、闇が辺りを覆った。

お福を鬼子母神裏の百姓家に連れて行くと決めた左近は、気を失っているお福を背負って宿場の往来に出た。

夜の板橋宿は、旅人たちの往来も途絶え、静まり返っていた。左近はお福を背負い、鬼子母神まで一気に駆け抜けるつもりだ。

行く手の暗がりに人影が浮かんだ。

左近は立ち止まり、暗がりを透かし見た。

「旦那、お福を何処に連れて行くんで……」

人影は卯之吉だった。

「いたぶられた傷が原因で熱を出している。何事もそれを治してからです」

「あっしの処で治してもいいいんですぜ」

「それには及びません……」

「旦那、どうあっても……」

「卯之吉さん、今はもう新助殺しの下手人より、不動の長兵衛たちを皆殺しにした者を追うべきでしょう」

左近はお福を背負い、卯之吉を残して雑司ヶ谷道に向かった。

「日暮左近……」

卯之吉は見送るしかなかった。

左近はお福を背負い、夜の彼方に消えて行った。


雑司ヶ谷鬼子母神裏の百姓家は、夜の闇と獣の鳴き声に包まれていた。

左近は湯を沸かし、気を失っているお福を寝かせ、傷の手当てをするために着物を脱がして裸にした。お福の身体には、無数の傷があった。左近は無数の傷よりも、肋骨の浮いた胸と僅かにしか膨らんでいない乳房が悲しかった。

お福の身体は、十六歳の娘とは思えぬほどに窶《やつ》れ、疲れ果てている。

左近はそれが悲しく、哀れに思えた。

翌日、お福は気を取り戻した。

熱は既に下がり、身体に残る無数の傷の中にも命に関わるものはなかった。

お福は左近を見て、怯えも驚きもしなかった。気だるく左近を凝視し、無表情に眼を瞑った。

お福は死を覚悟している。いや、覚悟をしているというより、既に死んでいるつもりなのかも知れない。

左近は静かに語りかけた。

「聞きたいことがある」

「……女衒の新助、姉ちゃんを騙して売り飛ばした……」

お福は、眼を瞑ったまま新助を殺した理由を語り始めた。

「……私、姉ちゃんが何処にいるのか、教えてくれと何度も頼んだ……でも新助、お前も身売りすれば分かると、へらへら笑って……殺してやりたい、殺すんだ。頭の中、それだけになって、井戸端にあった包丁で……」

新助を刺した時、左近が小松屋を訪れたのだった。お福は思わず逃げ出した。

「何故、板橋に戻った……」

「新助が死んだかどうか、確かめたかった」

「死んでいなかったら、どうした」

「死ぬまで刺してやる……」

お福の憎しみの炎は燃え続け、どのような仕置きでも黙って受け入れる覚悟をしていた。

「後悔、していないのか……」

「……自分のしたことだから……」

お福は照れたように小さく笑った。晴れやかな笑みだった。

おそらくお福は、今まで自分の意志を殺し、他人の決めた道を生きてきたのだ。

それを新助を殺すという行為で、漸く自分の意志を表したのかもしれない。

運命に抗わず生きてきたお福が、己の運命を自分で作ったのだ。

左近は、お福に秘められた凛《りん》とした潔《いさぎよ》さと気高さを知った。

「……お福、目黒白金村で神無月に生まれたのだな」

お福は小さく頷いた。

「裏に観音像の彫られている二寸ほどの手鏡、持っているか……」

左近の質問が意外だったのか、お福は瞑っていた眼を僅かに開けた。

「いいえ、手鏡なんか持っていません……」

お福は怪訝な面持ちで答えた。

「昔、持っていた事もないか……」

「ありません……」

お福ははっきりと答えた。

違った……。

深川のお美代、四ッ谷のお静に続き、三人目のお福も捜している女ではなかった。

左近は落胆するより安心した。これ以上、お福を面倒に巻き込まずに済むと知り、少なからず安堵した。

百姓家の表に人の気配がした。

左近は外に出た。人の気配は、雑木林からしていた。気配には、微かに殺気が含まれていた。

殺気を隠す。かなりの剣の使い手だ。

左近は、人の気配のする雑木林に対し、静かに殺気を放った。

雑木林から殺気が返され、人影が現れた。

日下鋭之進だった。

「……長兵衛の用心棒か……」

「直心流、日下鋭之進……」

「お福を取り戻しにきたのか……」

「いいや。お主に逢いにきた」

日下の殺気が、鋭さを増した。

「私と斬り合う気か……」

「左様、このままでは噂が噂を呼び、用心棒としての値が下がるどころか値もつかず、飯の食い上げになるのでな」

「ならば、どうあっても……」

「神田の裏店で病の妻と子が待っている限り、殺し合いをして金を稼ぐしかない」

日下は自嘲の笑みを浮かべ、ゆっくりと刀を抜き払った。

殺気が一挙に膨らんだ。

「是非もない……」

左近は無明刀を抜いた。

雑木林が風に揺れ、木洩れ日が縦横にきらめいた。

日下が刀を下段後方に構え、左近に向かって疾走を開始した。

左近は無明刀を正眼に構えた。

日下の下段後方に構えた刀が、どう斬り込んでくるのか読めない限り、左近は正眼に構えるしかなかった。

日下は猛然と駆け寄ってくる。

間もなく見切りの内だ。

左近がそう思った刹那、日下の刀が下段から弾かれたように斬り上げられた。

無明刀が閃いた。

刃の咬《か》む音が鳴り、火花が散った。

左近と日下は交錯し、再び対峙した。

日下の間合いと見切りは、左近のそれより僅かに長い。

離れて闘うのは不利だ。

左近は日下の懐に踏み込み、無明刀を激しく唸らせた。

無明刀の激しい攻撃を受け、日下は距離を取ろうと後ろに飛んだ。

刹那、無明刀が日下に飛んだ。いや、飛んだのは、無明刀だけではなく左近もだった。

後ろに飛んだ日下が、崩れた構えを懸命に立て直そうとした。

宙を飛んだ左近が、日下の頭上で無明刀を閃かせた。

無明斬刃……。

日下が体勢を立て直し、頭上を飛ぶ左近に必死に刀を振るった。

着地した左近が振り向いた時、日下も同様に振り向き、哀しげに笑った。首の血脈から血が噴き出した。

剣は瞬速……。

日下は、哀しげな笑みを浮かべたまま絶命し、横倒しに倒れて雑草に埋もれた。

木洩れ日が大きく揺れ、左近と日下の死体を光と影に包んだ。


もう、お福に用はない……。

左近は、お福の身の振り方を考えた。

考えられる事は二つある。

傷が癒えたら岡っ引きの卯之吉に引き渡すか、このまま何処かに逃がす。

卯之吉に渡せば、新助殺しの下手人として裁かれ、死罪になるのは間違いない。

死なせたくない……。

左近は、やっと自分の意志を表せた十六歳のお福を死なせたくなかった。

残るのは、お福をこのまま逃がす事だ。

何れにしろ自分の行く道は、自分で選んで決めるべきなのだ。

「お福、これからどうする……」

左近の問いに、お福は微かに驚いた。

「卯之吉の元に行って罪を償うか、このまま逃げるか……決めるのは、お前だ」

「……私が決める……」

「左様、自分の進む道を自分で決める。人なら当然の事だ……」

「私……」

お福は迷った。迷い、思い悩んだ。

「急がなくてもいい。良く考えるのだ」

「私、卯之吉親分の処に行きます」

左近は衝撃を受けた。

「卯之吉の処に行けば、死罪になるかも知れぬ。それでも良いのか」

「自分のしたことの責めを負う。人なら当然だと思います」

「その通りだが……」

左近はお福を見た。

眩しい……。

お福が眩しく輝いて見えた。

「後悔しないか……」

「はい、決して……」

左近を見つめるお福の眼には、迷いや躊躇いは無論、気負いも窺われなかった。

十六歳のお福は、人として生き抜こうとしているのだ。

「分かった」

左近は、お福に眩しさを感じながら頷いた。


板橋の宿は、相変わらず旅人で賑わっていた。

左近とお福は、岡っ引きの卯之吉の家を訪れた。

「卯之吉、ちょいと出かけていてな。今、呼びにやったから直に戻るぜ」

一人いた痩身着流しの侍が、屈託のない笑顔で答えた。

「待たせてもらっていいですか……」

「ああ、おいらも待っている身だ。遠慮はいらねえよ」

痩身着流しの侍には、浪人特有の垢じみたところはない。かといって、宮仕えの堅苦しさも感じさせなかった。

何者なのだ……。

左近に不審が募った。だが、お福は落ち着いていた。その顔には、昂ぶりも怯えもない。

「お前さんが日暮左近でそっちがお福かい」

左近は咄嗟に身構えた。

痩身着流しの侍は、左近とお福のことを知っていた。

「貴方は……」

左近が探るように尋ねた。

「おいらかい……おいらは……」

「お待たせ致しやした。青山さま……」

市松を従えて戻って来た卯之吉は、青山久蔵が左近やお福と一緒にいるのに気づき、驚いた。

「……旦那、お福……」

「やっぱりそうかい……」

「へい、青山さま、日暮左近の旦那とお福です」

「青山さま……」

聞き覚えのある名前だった。

「ああ、おいらが北町の青山久蔵だよ」

北町奉行所吟味方与力の青山久蔵、巴屋彦兵衛に今度の一件の探索を促した張本人だった。

「左近の旦那、お福は……」

「新助殺しの罪を償うと、自分で決めてきました」

「自分で……」

「はい。私が新助を刺し殺しました」

お福は堂々としていた。

「……そうか、良く自訴してきた。お上にもお慈悲はあるぜ」

「卯之吉の言う通りだ。お福、お前が女衒の新助を殺したのには、深い訳がある筈だ。ゆっくり聞かせてもらうぜ」

「はい、ありがとうございます」

お福は嬉しそうに頭を下げた。

「ところで青山さま、板橋には何の御用で……」

「ふん、不動一家を一人で叩き潰した野郎がいるって噂を聞いて、現場を見物に来たんだが、そりゃあ凄まじいもんだった。ありゃあ魔物の仕業だな」

「魔物……」

「ああ、魔物だ。それとも王子の狐の仕業。何れにしろ人間業じゃあねえ」

剃刀と仇名される久蔵とは思えない言葉だった。卯之吉は言葉の裏を探った。

「だから卯之吉、下手に手を出すとお前たちの雁首《がんくび》も、飛んじまうぜ……」

「へ、へい……」

卯之吉は慌てて返事をした。

「そうだろう、左近の旦那……」

久蔵は左近を一瞥した。剃刀の仇名通り、鋭い切れ味の一瞥だった。

久蔵は魔物の正体を知っている……。

人を斬り続けている時、自分の中に湧き上がる異様な高揚感を、久蔵は〝魔物〟と見抜いているのだ。

「そうかもしれません……」

左近は緊張し、久蔵を見つめた。

久蔵は笑みを浮かべた、悪戯《いたずら》を楽しむ子供のような笑みだった。

左近は思わず苦笑した。


お福の姉は、新助に騙されて売り飛ばされた。竜次の兄は、惚れた女のために新助に殺された。竜次の兄の惚れた女が、お福の姉だったのだろうか。

下っ引きの市松は、卯之吉の許しを得ていろいろ調べてみた。だが、新助は大勢の女を騙し、売り飛ばしていた。新助が死んだ今、お福の姉と竜次の兄の関わりは何もつかめなかった。

「……そうですか、分かりませんでしたか」

「ええ……ですが旦那、あっしは竜次の兄貴とお福の姉ちゃん、恋仲だったと思います。だから竜次はお福を助けようと命をかけた。あっしはそう思います。そう思わなかったら、竜次の野郎、浮かばれねえ……」

市松は鼻水を啜った。

「きっと、市松さんの睨み通りかもしれませんね」

それで良い……。

市松の睨みの通りで良いのだ。お福を助けようとして、嬲り殺しにされた竜次のためにもそれで良いのだ。

左近は市松を労《ねぎら》った。


左近はお福を卯之吉の元に残し、板橋の宿を後にした。

お福は別れ際、左近に深々と頭を下げた。

これからお福が、どのような運命を辿っていくのか、左近に知る由《よし》はない。ただ一つ分かっていることは、お福はもう自分を殺さず、何事も自分で決めて生きていくということだけだった。

雑司ヶ谷への道は、夏の終わりが始まっていた。

第四章　駿河台　隠れる女

一

江戸の町に虫干しの季節が訪れた。

虫干しは、二日続きの晴天が良いとされ、家々では着物や書物を日風にさらして湿気を除き、黴《かび》や虫の害から守った。寺や神社には虫干しをかねて宝物を見物させ、拝観料を取る処《ところ》もあったという。

日本橋馬喰町の公事宿巴屋も、彦兵衛とおりん、お春を始めとした奉公人総出で出入訴訟の書類などの虫干しを行った。奉公人総出といっても仕事のある者は別であり、その中には下代の房吉もいた。房吉は、目黒川に架かる太鼓橋で医者姿の錣半兵衛を見かけて以来、目黒白金村一帯を調べ廻っていた。

九つ刻（正午）、左近は馬喰町に現れた。

半兵衛の配下たちは、巴屋の周囲の暗がりに忍び、左近の現れるのを粘り強く待ち続けていた。

左近は、巴屋の真裏にある妾稼業の女の家に忍び込んだ。妾稼業の女の元には、旦那が来ていた。二人は真夜中だというのに嬌声をあげ、蚊帳《かや》の中で縺《もつ》れ合っていた。

左近は妾稼業の女の家を抜け、庭続きの巴屋に忍び込んだ。彦兵衛とおりんは、寝ずに待っていた。左近は昼間、便り屋を使って訪れることを報せておいたのだ。

左近は彦兵衛の部屋に座り、漂う墨と紙の匂いを久し振りに嗅いだ。

おりんは、浮き浮きとした様子で酒の仕度を始めた。

彦兵衛は苦笑しながら、おりんの女心を微かに哀れんだ。

「それで、板橋のお福も違いましたか」

「ええ、例の手鏡、持っていませんでした」

「そうですか……」

彦兵衛は書付に記されていた〝板橋・お福〟の名を墨で消した。

お福の名の次には、『駿河台・香織《かおり》』と書かれていた。

「駿河台、香織……」

江戸城の北に位置する駿河台は、かつて神田台や神田山と呼ばれていたが、二代将軍秀忠《ひでただ》と三代家光《いえみつ》の頃、駿河在番の幕臣を移住させた事から〝駿河台〟となった。

駿河台には、中小の大名や将軍家直参の旗本・御家人が多く住み、町人たちの住む町家は僅かしかなかった。

「武家の女ですか」

「名前から見てもおそらくそうでしょう。この駿河台の香織さんが、裏に観音像の彫られた手鏡を持っているといいのですがね」

「ええ。ところで房吉さん、どうしています」

「そいつなんですがね、左近さん。房吉、目黒の太鼓橋で半兵衛らしい男を見かけましてね」

「半兵衛を太鼓橋で……」

「ええ、それで房吉は目黒白金の何処かに半兵衛が出入りしている処があると睨み、突き止めようとしているんですよ」

彦兵衛は、目黒白金の切り絵図を広げた。

目黒白金には、畑の他に柳生対馬守《やぎゆうつしまのかみ》、細川越中守《ほそかわえつちゆうのかみ》、松平主殿頭《まつだいらとのものかみ》、松平内蔵頭《くらのかみ》、伊達遠江守《だてとおとうみのかみ》、堀出雲守《ほりいずものかみ》、毛利安房守《もうりあわのかみ》などの大名や大身旗本の下屋敷が多かった。

半兵衛は、この何処かの大名家下屋敷に出入りをしている可能性があるのだ。

房吉はそれを探り出そうとしていた。

「危なくないでしょうね」

「気をつけるよう、充分に言ってあります」

「そうよね。何たって所帯を持ったばかり、お絹さんを私のようにさせたくないわね」

おりんは、自分を引き合いに出して、房吉とお絹夫婦を心配した。

おりんが嫁いだ油屋の若旦那は、酒に酔って僅か一尺ばかりの深さの掘割で溺死した。おりんは驚き、呆れ果てて若後家になり、叔父の家である巴屋に戻ってきたのだ。

「おりん、それより酒だ……」

おりんは明るく返事をし、左近と彦兵衛に酒を注ぎ、自分も飲んだ。

「それで左近さん、板橋のお福って、どんな女の人だったの」

左近は『板橋のお福』の顚末《てんまつ》を語った。

彦兵衛とおりんは、話を聞き終わって深い吐息を漏らした。二人の吐息には、お福への同情と畏敬《いけい》の念が込められていた。

深川のお美代、四ッ谷のお静、そして板橋のお福……。

左近は三人の女の生き方を見つめた。そして、明日からは四人目の女、駿河台にいる香織という名の女を見つめる。

果たして香織は、どのような女なのか……。

左近は、まだ見ぬ香織に思いを馳せた。

すると、彦兵衛が思い出したようにぽつりと言った。

「そうですか、青山さまと逢いましたか」

「ええ……」

「北町奉行所の剃刀久蔵……どうでした」

「敵には廻したくない男ですね」

「ええ、昔からの仕来たりやしがらみなど、平気で破る方でしてね。錺職の弥七の扱いといい、板橋の件の始末といい、すべては自分の一存。いい度胸をしていますよ」

おそらく彦兵衛の言う通りだ。

青山久蔵は、己の信念に基づいて生きており、いつでも扶持米《ふちまい》を叩き返す覚悟をしている。

左近は、青山久蔵をそう見ていた。

その夜、左近は久し振りに鉄砲洲波除稲荷裏の巴屋の寮に向かった。

鉄砲洲に来るのは、柊右京介の待ち伏せに遭い、浅手を負って亀島川に逃れた時以来だった。

巴屋を密かに抜け出した左近は、日本橋川に架かる江戸橋を渡り、本材木町《ほんざいもくちょう》一丁目から楓川《もみじ》を八丁目に進み、白魚橋《しらうお》を越えて東に曲がり、真福寺橋《しんぷくじ》を抜けて南八丁堀に出て、八丁堀沿いに波除稲荷に向かった。

江戸湊の潮騒が、夜の静けさに地を這うように響いてきた。八丁堀に架かる中ノ橋を過ぎると、間もなく波除稲荷だ。

左近は、辺りを警戒しながら油断なく進んだ。柊右京介が、先夜のように襲撃してきた時には、必ず決着をつける。左近はそう決意し、波除稲荷に微かな殺気を放った。だが、左近の殺気には、何の反応もなかった。

柊右京介を始め敵と思われる者は、誰一人現れなかった。

左近は、波除稲荷裏の巴屋の寮を窺った。寮の中に、微かな人の気配がした。

何者かが潜んでいる……。

左近は静かに身構えた。だが次の瞬間、人の気配は消えた。

一瞬の気配だった。

勘違い……。

左近は、素早く床下の暗がりに忍び、再び気配がするのを待った。左近が気配に気づいたように、相手も左近の気配に気づき、己の気配を消したのかもしれない。

左近は待った。

時が過ぎた。

寮の中に澱んだ昼間の温かい空気が、僅かだが確かに揺れた。

やはり、何者かが潜んでいる。

柊右京介か、それとも錣半兵衛と配下のものたちか……。

左近は音もなく床下を進み、隅の床板を押し上げた。床板の上には、一尺半ほどの幅の暗い空間があった。左近は静かに立ち上がった。

幅一尺半（約四五センチ）ほどの空間は、由井正雪の軍資金を巡っての闘いで燃え落ち、建て直す時に左近の注文で外壁と内壁の間に造ったものだった。

内壁の眼の高さの処に、小さな覗き穴があった。左近は、覗き穴から寮の中を見渡した。

寮の中は暗く澱み、動くものの気配も殺気もなかった。左近はゆっくりと移動し、膝の高さの横板を動かし、中に入った。そこは押し入れだった。

中に入った左近は、横板を閉めて押し入れの戸を開けた。昼の間に澱んだ温かい空気が、大きく揺れて流れ込んできた。左近は温かい空気の流れとは逆に動き、寮の座敷に出た。

刹那、天井から左近に殺気が射られ、黒い影が襲ってきた。

咄嗟に左近は、前方に身を投げ出して躱した。続いて光のような煌めきが、左近の顔面を襲った。左近は、顔の前に無明刀を僅かに抜き、刀身で細い光を弾き飛ばした。光は甲高い金属音を鳴らして畳に落ちた。畳針のような手裏剣だった。

陽炎……。

左近は思わず叫んだ。

殺気が一瞬にして消え、代わって女の甘酸っぱい体臭が湧いた。懐かしい匂いだった。

黒い影は、忍び姿の陽炎だった。

「左近……」

暗がりに懐かしい声が響き、陽炎の顔が浮かんだ。

「どうした……」

「昨日、此処に来たら、何者かが監視をしていた」

おそらく柊右京介だ。

「左近の敵、そう思って襲ってくるのを待っていた」

そして陽炎は、忍び込んできた左近を監視をしていた敵と思い、攻撃を仕かけたのだ。

「俺のために闘ったのか……」

陽炎が微かに揺れた。頬が仄かに赤く染まるのが、闇の中でも分かった。

「違う。私は左近のために闘ったのではない」

陽炎の声が慌てた。

「秩父忍びのためだ……」

「秩父忍び……」

「左近、お館の幻斎さまが、卒中で倒れた」

「幻斎さまが……」

幻斎は秩父忍びの総師であり、忍びの者としての左近の育ての親といえた。左近は、幻斎の命令で陽炎の兄と松平楽翁暗殺に赴き、出羽忍びの頭領羽黒の仏に敗れた。

そして左近は、羽黒の仏の睡眠の術に操られた陽炎の兄と激闘を繰り広げ、記憶のすべてを失って流離《さすら》い、彦兵衛に助けられたのだ。

以来、俺の運命は大きく変わった……。

すべては、幻斎の命令から始まったのだ。

その幻斎が卒中で倒れた。

「それで幻斎さまは……」

「命はとりとめたが、身体は動かなくなった」

「……それで」

「秩父に戻れ。幻斎さまが、廻らぬ口で漸《よう》く言った命令だ」

「陽炎、俺は最早《もはや》、秩父忍びではない……」

「左近……」

「公事宿巴屋の出入物吟味人に過ぎぬ」

左近は、己に言い聞かせるように告げた。

「左近、お前の気持ちは分かる。だから、せめて幻斎さまが亡くなる前に一度だけでも秩父に帰ってくれないか」

「容態、それほどに悪いのか」

「ああ、長くはない……」

きな臭い感覚が、左近の中に湧いた。

秩父忍びの血なのかもしれない。

忘れていた感覚だった。

「俺は今、出入物吟味人として働いている。秩父に戻るにしても、今扱っている一件を片づけてからになる」

「見張っていた者は、その一件に関わりのあるやつなのか」

「おそらく……」

「左近、詳しく聞かせてくれぬか」

「聞いてどうする……」

「手伝う」

「……手伝う」

「ああ、一刻も早く秩父に行ってもらうためにな」

それだけではない。陽炎は、左近と一緒に闘いの緊張感に浸りたかった。水野忠成と松平楽翁の殺し合いの時のように……。

助け合いながら闘いたかった。

「いいだろう……」

左近は躊躇《ちゅうちょ》なく答えた。

陽炎には願ってもない返事だったが、左近の余りに簡単な同意に戸惑わずにはいられなかった。

「まことか左近」

陽炎は湧き上がる嬉しさを隠し、念を押した。

「ああ……」

左近は頷いた。

二

日本橋川に架かる一石橋《いっこくばし》は、橋の傍に金座の後藤庄三郎《ごとうしょうざぶろう》と呉服師の後藤縫殿《ぬいの》助《すけ》がいたところから、〝五斗〟と〝五斗〟を合わせて一石という洒落でつけられた名である。

左近は一石橋から堀端沿いに進み、竜閑《りゅうかん》橋を渡って鎌倉河岸に出た。そして神田橋御門前を通り、本多伊予守《ほんだいよのかみ》の江戸上屋敷の角を錦小路に入り、大名屋敷や旗本屋敷の連なりの中を進み、裏神保《うらじんぼう》小路に向かった。

『駿河台の香織』は、二人いた。

一人目の香織は、雉子《きじ》橋通小川町に住む旗本小野鉄次郎《おのてつじろう》の妻であり、二人目は裏神保小路の旗本土屋蔵人《つちやくらんど》の姉だった。

それが、彦兵衛にもたらされた青山久蔵からの情報だ。左近は、裏神保小路に住む土屋蔵人の姉の香織から調べてみる事にした。

土屋家は、三百石取りの直参旗本であり、当主の蔵人は番方《ばんかた》に属していた。番方とは武官であり、戦《いくさ》となれば先鋒として戦闘の主力となる役目だった。

番方にもいろいろな役目がある。土屋蔵人は小十人組頭を務めていた。小十人組は、軍陣での将軍の親衛隊であり、普段は将軍外出のお供をするのが役目である。小十人組は、十一組あって組員は各二十人いる。将軍警固役の組頭の一人である土屋蔵人は、直心影《じきしんかげ》流の印可《いんか》を受けた使い手であった。

表猿楽町《おもてさるがくちょう》から雉子橋通小川町をつなぐ道が、裏神保小路だった。左近は、裏神保小路を通りながら土屋屋敷を窺った。四百坪ほどの土屋の屋敷に人の出入りはなく、静まり返っていた。左近は人の通る気配のないのを確かめ、隣の屋敷の大屋根に飛んだ。

隣の屋敷の大屋根に忍んだ左近は、土屋屋敷を覗き見た。

土屋屋敷の庭には、様々な夏の花が咲き乱れていた。

土屋蔵人は、三年前に妻を病で亡くしてから独り身を続け、姉の香織の世話を受けていた。香織は幼い頃、他家に養女にいったが、何故か五年前に不縁となり、実家の土屋家に戻っていた。以来、蔵人と香織の姉弟は、奉公人たちと共に暮らしていた。

咲き乱れている夏の花は、おそらく香織が育てているのだろう。

左近は一刻ほど、屋根に忍び続けた。だが、土屋屋敷内で見かける者は、奉公人たちだけで香織の姿はなかった。

未《ひつじ》の刻（午後二時）の鐘の音が、何処からか聞こえた。

老中や町奉行など、公儀の役目に就いている者たちの下城する刻限だ。武家屋敷街では、帰ってくる主を迎えるため、奉公人たちが忙しく動き始める。

今日はこれまで……。

左近は大屋根を降りた。

田畑の多い目黒には、秋の気配が市中よりも早く訪れていた。

房吉は、大名たちの下屋敷を調べ続けていた。だが、あの時以来、半兵衛の姿を見かける事はなく、何処に出入りをしているのかも分からぬまま時は過ぎていた。

半兵衛の出入りしている屋敷……。

房吉は、下屋敷に出入りする渡り中間《ちゅうげん》たちに金を握らせ、情報を得ようとしていた。

渡り中間とは、定まった主を持たず、必要な時に金で雇われる中間である。奉公人の生活の面倒を見れぬほど財政逼迫《ひっぱく》した大名旗本は、その体面を保つために渡り中間を雇っていた。

房吉は漸く手ごたえを感じた。金を握らせた渡り中間の一人が、半兵衛という名の医者を知っている者の存在を伝えてきた。

六つ半（午後七時）、広尾川に架かる四ノ橋傍の田島町《たじまちょう》の居酒屋でその男は待っている。

罠かもしれない……。

房吉は慎重に事を進めた。捜す相手の綴半兵衛が、密かに監視しているとも気づかずに。

房吉は必ず日暮左近と逢う。

半兵衛の房吉監視の狙いは、左近にあった。

巴屋を見張る配下からの左近発見の報せがない限り、房吉を追うしかないのだ。


辻番の高張提灯に灯りが灯される頃、房吉は白金四丁目京極佐渡守《きょうごくさどのかみ》の下屋敷の角を曲がり、坂道を田島町《たじまちょう》に向かった。

右眉の上に古傷のある直助《なおすけ》。

その直助が、半兵衛の情報を持っているのだ。

四ノ橋傍の田島町の居酒屋は、大名の下屋敷で働く中間や職人たちで賑わっていた。

房吉は居酒屋の片隅に座り、酒を飲む客たちの中に右眉の上に古傷のある直助を捜した。直助らしき男は、まだ来ていなかった。

房吉は酒を注文し、直助の来るのを待った。

房吉が誰かと逢う。

ひょっとしたら日暮左近かもしれない。

半兵衛は、広尾川に架かる四ノ橋の袂に佇み、居酒屋に出入りする男たちを見張った。

麻布《あざぶ》方面から男がやって来た。

男は提灯も持たず、通いなれた足取りで四ノ橋を渡って来る。

日暮左近か……。

半兵衛は暗がりに潜み、男の通り過ぎるのを待った。月明かりが、通り過ぎる男の顔を浮かばせた。男の右眉の上に古い傷があった。

直助……。

半兵衛は僅かに狼狽した。男は、かつて伊達家の下屋敷に渡り中間として出入りしていた直助なのだ。房吉が逢おうとしている相手は、左近ではなく直助なのだ。

拙《まず》い。

半兵衛は素早く動いた。

脇差を抜きながら、直助の背後に一気に迫った。直助が怪訝に振り返った。半兵衛が鋭く斬りつけた。咄嗟に逃げた直助の肩から血が噴き出し、悲鳴があがった。

房吉を始めとした居酒屋の客が、直助の悲鳴に驚き、立ち上がった。

まさか……。

房吉は居酒屋を飛び出した。

四ノ橋の上では、半兵衛が直助に二の太刀を与えていた。直助の絶叫があがった。

「人殺し、人殺しだ」

房吉が叫んだ。半兵衛が房吉を一瞥して身を翻し、広尾川沿いの道を逃げた。

半兵衛……。

慌てた房吉が、血塗れで倒れている男に駆け寄った。男の右眉の上に古傷があった。

やはり直助だった。

房吉は焦った。

「直助、俺が房吉だ。半兵衛と何処で逢ったんだ」

直助は、血の滲《し》みる眼を僅かに明け、必死に何事かを言おうとした。

「何処だ。直助、教えてくれ」

答えようとする直助の喉が、笛の音のように甲高く鳴った。

「直助」

房吉の懸命な呼びかけにもかかわらず、直助は喉を血で鳴らして絶命した。

「直助……」

房吉は半兵衛を追った。だが、広尾川沿いの道に、既に人影は見えなかった。

尾行されていた。いや、泳がされていたのかもしれない……。

房吉は悔んだ。そして、半兵衛の恐ろしさを思い知った。

半兵衛は広尾川沿いの道を左に折れ、広がる田畑に身を潜めて追手の有無を確かめた。

微かに吹いている風が、作物の葉を揺らしている。追って来る者の足音と息づかいは、まったく聞こえなかった。

追手はいない。だが、油断はならない。

今夜は、宇和島《うわじま》藩伊達家の江戸下屋敷に行かない方が無難だ。半兵衛は畑を出て広尾川を渡り、目黒白金から離れた。

暗がりから現れた黒い影が、音もなく半兵衛を追跡した。

黒い影は、忍び装束に身を包んだ陽炎だった。陽炎は、左近の指示で密かに房吉の護衛をしていたのだ。そして、房吉を監視する男に気づいた。

男は何処に行くのか。その行き先を確かめるべきだ。

陽炎は半兵衛を追跡した。

左近と一緒に闘う昂ぶりを、心に秘めて……。

半兵衛は麻布に入った。麻布は坂道の多い処である。

本村町《ほんむらちょう》の四辻に出た半兵衛は、暗闇坂や鳥居坂を抜け、六本木町から竜土《りゅうど》町《ちょう》に出た。そして、路地裏の小さな家に入った。

陽炎は暗がりに忍び、半兵衛の動きを監視する態勢にはいった。

半兵衛は、陽炎の尾行に気がつかなかった。

侮《あなど》れぬ……。

半兵衛は、直助に辿り着いた房吉の粘り強さに驚いていた。

その夜、半兵衛は動かなかった。

半兵衛のいる麻布竜土町の家の向こうには、伊予宇和島藩伊達家の江戸上屋敷の大屋根が月明かりに浮かんでいた。

朝、土屋家当主の蔵人が、若党や槍持ちたち家来を従えて登城していった。見送る人々の中に、香織らしき女の姿は見えなかった。

二十半ばの土屋蔵人は、剣の修行で鍛え抜いた風貌と体軀《たいく》をしていた。蔵人の姉となれば、おそらく香織は三十前後と思えた。見送った者の中に該当する女はいなかった。当主の蔵人が登城した後、土屋屋敷の門は閉じられた。

左近は土屋屋敷の裏手に廻り、塀と土蔵の間に忍び込んだ。

屋敷の中は、人がいないような静けさに包まれていた。左近は、土蔵の裏から庭に出た。

武家屋敷で妻や子が暮らす場所は、北側の奥になるのが普通だ。香織は当主の姉であるが、当主に妻がいない土屋家では女主の役を務めていると思われる。

左近は北側に廻り、中庭に面した奥向の部屋の様子を窺った。

「次の間」「居間」「寝間」「納戸」と連なる奥向の部屋は障子が閉め切られ、人がいる気配はなかった。

香織は留守なのか、あるいは屋敷ではない場所にいるのだろうか……。

左近は居間に忍び込んだ。

居間の中には、夏の湿気が澱んでいた。左近は、次の間や寝間などを調べていった。人が暮らしている気配はなかった。

別の場所……。

北側の奥を出た左近は、天井裏に潜入し、「台所」や「料理の間」を覗いた。

台所や料理の間では、女中や下男たち奉公人が忙しく働いていた。奉公人たちの働く姿には、無駄も手抜きもない。主の土屋蔵人の厳しい性格が窺われた。

左近は土屋屋敷を調べ続けた。

香織はいなかった。それは、出かけているというのではなく、屋敷で暮らしていないということだった。

公儀への届け出と違っている。

何らかの秘密がある……。

左近は土屋家に興味を持った。


「板橋の香具師《やし》一家の者たちが、王子の狐に皆殺しにされたそうだ」

鳥居耀蔵が、嘲笑混じりに柊右京介に告げた。

「王子の狐にございますか……」

「左様、刀を持った狐よ」

鳥居に板橋の不動一家斬殺の情報が届けられたのは、事件後二日が過ぎてからだった。

「狐は女を捜していたそうだ」

「女を……」

「目黒白金村で神無月に生まれた女をな」

「日暮左近……」

左近は板橋にいた。そして、女を巡って香具師の一家を皆殺しにしたのだ。

右京介は、漸く左近の動きを知った。

「それで、女は……」

「違ったようだ」

左近は、裏に観音像の彫られた手鏡を持った女を見つけていない。右京介はほっとした。

「右京介……」

鳥居の嘲笑は、既に消えていた。

「ははっ……」

「宇和島の秘事の証拠、一刻も早く押さえるのだ」

鳥居の厳しい視線が、右京介に鋭く突き刺さった。野望に満ち溢れた視線だった。

右京介は巴屋の寮の監視を緩めたのを悔やみ、鉄砲洲波除稲荷に急いだ。

巴屋の寮は江戸湊の潮騒に包まれているだけで、人のいる気配はなかった。

既に左近は、次の女を探して動いているのだ。

右京介は焦らずにはいられなかった。青い眼が、一段と青さを増した。焦りは苛立ちとなり、右京介を意外な行動に駆り立てた。

左近が姿を隠した理由は、半兵衛たちの巴屋監視にある。

右京介は、鉄砲洲から日本橋馬喰町に走った。

巴屋の周囲の暗がりには、半兵衛の配下が身なりを変えて潜んでいた。五人の配下の者たちは、左近の現れぬ巴屋の監視に飽きていた。

生温かい風が、巴屋の前に抜けた。

一人の配下の首が、夜空に半円を描いて飛び、往来に転がった。

四人の配下が、周囲の暗がりから血相を変えて飛び出してきた。同時に右京介が青い眼を輝かせ、血に濡れた刀を翳して配下たちに襲いかかった。四人の配下たちは、怯えと狼狽に包まれ、慌てて武器を取り出した。

右京介に情け容赦はなかった。あるものは、苛立ちと怒りだった。

血飛沫が噴き上がり、配下たちの首が次々と夜空に飛んだ。

一瞬の出来事だった。

半兵衛の配下たちの首のない死体が、無残に横たわり、赤い血を流し続けた。

配下の首から流れる赤い血は、右京介の青い眼に溢れた苛立ちと怒りを漸く静めた。

翌朝、巴屋一帯は、首を斬り飛ばされた五人の男の死体に大騒ぎになった。

お春は腰を抜かしたが、すぐに立ち直り、監視網を構成する煙草屋の隠居や裏の妾と喋りまくっていた。

おりんは、敵の残忍さと、事件が佳境に差しかかったのを感じ、左近の身を密かに心配した。そして、彦兵衛が役人たちに何も分からないと答えて居間に戻った時、房吉がやって来た。

「左近さんの仕業でしょうか」

「いいや、左近さんなら巴屋の前でやる筈はないよ」

「じゃあ……」

「おそらく青い眼の柊右京介だろう……」

「左近さんに報せますか」

「誰が何処で私たちを見張っているか、知れたものじゃない。此処は下手に動かないことだよ」

「ですが……」

「左近さんの事だ。心配は要らないだろう。それより房吉、目黒の方はどうした」

「それなんですが、渡り中間の直助が半兵衛の野郎に殺されちまって以来、皆目……」

「そうか……」

「ですが旦那、目黒白金村に何かあるのは、これではっきりしました。必ず突き止めてやりますよ」

房吉は恥じていた。直助を殺した半兵衛は、房吉を見張っていたのだ。

直助を死なせたのは、自分なのだ……。

房吉は、半兵衛に気づかなかった自分を責め、恥じていた。

「房吉、無理は禁物だよ……」

彦兵衛は房吉の肚の中を見透かし、厳しい面持ちで告げた。


その日、土屋蔵人は供も連れず、一人で出かけた。

広小路を抜けた土屋は、稲荷小路を通って神田川に架かる水道橋を渡った。そして、お茶の水の懸《か》け樋《ひ》を右手に見ながら神田川沿いを進み、湯島の聖堂の手前を左に曲がって湯島五丁目に出た。土屋はそこから北に向かった。

左近は充分に間を取り、慎重に尾行した。

土屋は白山《はくさん》権現に出た。そして、裏手の雑木林の中にある彩光庵《さいこうあん》という小さな寺に入っていった。

彩光庵は尼寺だった。

左近は、彩光庵を見通せる木の上に飛んだ。

土屋は若い尼僧《にそう》に案内され、座敷に通された。やがて、庵主の老尼僧が現れ、土屋に深々と頭を下げ、一通の書状を取り出して渡した。土屋は恭《うやうや》しく書状を受け取り、厳重に閉じられていた封を切って読み始めた。

左近には、土屋と老庵主の関係が主と家来のように見えた。そして、一つの疑問が湧いた。何故、老尼僧は書状を土屋の屋敷に届けなかったのか。そして何故、土屋は奉公人を書状を取りに寄越さず、わざわざ読みに来たのだ。

それほど大切な書状なのか……。

左近は書状の内容が気になった。

書状を読み終わった土屋は、緊張した面持ちで老尼僧に何事かを尋ねた。

左近は、土屋と老尼僧の唇の動きを読もうとした。

「香織さま……」

その言葉だけが、微かに読めた。

書状は、香織から来たものなのだ。やはり香織は、土屋の屋敷で暮らしておらず、別の場所にいるのだ。果たしてそこは何処なのか。尚も左近は、土屋と老尼僧の唇を読もうとしたが、無理だった。

左近に別の疑問が湧いた。

土屋の態度は、他家から離縁された姉に対するものではない……。

そこに土屋家の秘密があり、裏に観音像の彫られた手鏡の謎があるのだ。弥七の書付に記され、左近が探している香織は、土屋蔵人の姉といわれている女に違いないのだ。左近はそう思った。

四半刻後、土屋は読み終わった書状を懐に入れ、老尼僧に見送られて彩光庵を出た。

書状の内容が知りたい……。

左近は土屋を追った。

白山権現の裏通りには、人影もなく幾重にも重なる木々の葉が日差しを遮っていた。

土屋が立ち止まり、いきなり振り返った。

左近の尾行に気づいていたのだ。

不意を衝かれた左近に、身を隠す間はなかった。かといって立ち止まる訳にもいかず、左近はそのまま進んだ。

土屋は動かず、近づく左近を見据えていた。

左近は構わず進んだ。

間合いがゆっくりと縮まり、左近の見切りの内に入った。

微風が澱み、小鳥の囀《さえず》りが消えた。

刹那、土屋の刀が閃いた。

鋭い刃風が、左近を襲った。

咄嗟に左近は、飛んで躱した。そして、土屋と対峙した。

「何故、後をつける……」

「土屋家の秘密、知りたくてな……」

土屋の顔が、僅かに歪んだ。急所を衝かれた隠しきれない狼狽だった。

「……お主、何者だ」

「日暮左近……」

「……その日暮左近が、何故我が家を……」

「吟味は我が生業《なりわい》……」

「生業……ならば誰かに頼まれての所業か」

「左様……」

「誰に頼まれた」

「言えぬ……」

「申せ」

土屋の刀が風を巻き、猛然と左近に迫った。

草が千切れ、小石が飛び散った。

流石《さすが》に武を以《もっ》て将軍家に奉公する小十人組の頭で、直心影流の使い手の剛剣だ。

躱す間はない。

無明刀が瞬いた。

甲高い金属音が響いた。

次の瞬間、左近と土屋は、それぞれの背後に大きく飛び退いた。

飛び退いた土屋が、着地しながら小柄《こづか》を放ち、地を蹴った。

土屋の放った小柄は、着地した左近に構えるのを許さなかった。体勢を崩しながらも左近は、身体を大きく仰け反らせた。

間一髪、小柄は左近の頰を掠めて飛び去った。だが、それで左近の危機が終わったわけではない。地を蹴った土屋が、体勢を崩したままの左近を覆った。

既に躱す間合いはない。

土屋が左近に斬りかかった。刀が電光となって左近を襲った。

左近は仰向けに倒れ込んだ。電光が鼻先を掠め、着物の胸元を僅かに斬り裂いた。

左近が無明刀を鋭く突き上げた。微かな手応えが、左近の手に伝わった。

咄嗟に躱した土屋が、左近の身体の上を大きく飛び越えた。

左近は素早く立ち上がり、無明刀を土屋に向かって構えた。

土屋の姿はなかった。

微風の澱みが消え、小鳥の囀りが戻った。

無明刀の切っ先には、僅かに血が付着していた。左近は無明刀に拭いをかけ、土屋の行動を読んだ。

彩光庵……。


煙の匂いが漂い、小鳥や小獣がけたたましく鳴きながら逃げ出していく。

火の手があがっていた。

左近は彩光庵に急いだ。彩光庵は、炎に包まれて燃え上がっていた。左近は炎を潜り抜け、座敷に駆け込んだ。

無残にも老尼僧たちは、袈裟懸《けさが》けの一太刀で斬り殺されていた。

土屋蔵人の仕業だった。

口封じ……。

香織と土屋家を繋ぐ老尼僧たちの役目は、左近に知られて終わったのだ。

非情にも土屋は、役目を終えた老尼僧たちの口を封じて彩光庵に火を放ち、土屋家の秘密を守ったのだ。

燃え上がる炎が、左近と老尼僧たちの遺体を取り囲み始めた。最早、香織や土屋家の秘密に辿り着く手掛かりを探す時はない。すぐに脱出すべきなのだ。だが、左近は躊躇《ためら》った。

土屋が必ず監視している……。

そして、脱出した左近を尾行し、身許と狙いを突き止めようと待ち構えているのだ。

燃え盛る炎が、音を立てて左近に迫ってきた。

左近は、炎に包まれて立ち尽くした。

まるで、満面に怒りを浮かべた不動明王のように……。

彩光庵は紅蓮《ぐれん》の炎に包まれ、燃え続けた。

三

彩光庵は燃え落ちた。

土屋蔵人は、それを見届けて白山権現を離れた。駆け寄ってくる火消しと野次馬を避け、四軒寺町《しけんてらまち》の通りから団子《だんご》坂を廻って神田川に向かった。

日暮左近は、燃え盛る炎から現れなかった。だからといって、左近が焼け死んだとは思えなかった。

土屋は脇腹に滲む血を押さえ、乳母として自分を育ててくれた老尼僧に詫びながら道を急いだ。

左近が座敷の床下に潜った瞬間、彩光庵の屋根が音を立てて燃え落ちた。左近は一気に床下を転げ抜けた。同時に彩光庵が土台から崩れ、火と煙が大きく巻きあがった。

左近は辛うじて脱出した。

既に土屋蔵人の姿はなく、時を置かずに火消したちが駆けつけてきた。

左近は消えた。

半兵衛が動いた。

薬籠を抱えた医者として、竜土町の家から目黒白金に向かった。半兵衛は広尾川に架かる四ノ橋を渡り、白金の通りを避けて川沿いに西に向かい、修験《しゅげん》屋敷の手前を左に進んだ。そして、百姓地の道を南に急いだ。

陽炎は距離を取り、慎重に尾行した。

やがて、半兵衛の行く手に大名の下屋敷が見えてきた。目黒白金に数ある大名家の下屋敷の中でもそこは百姓地に囲まれ、一軒だけ離れていた。

半兵衛は油断なく辺りの道を窺い、尾行者のいないのを確かめ、その下屋敷に入った。

正面に刈取り間近の稲穂が広がり、百姓女が働いていた。

百姓女は陽炎だった。

伊予宇和島藩伊達家下屋敷……。

それが、半兵衛の入った大名家の下屋敷だった。

陽炎はそれを見届けた。

「巴屋を見張っていた者たち、戻らぬか」

荻森兵部が眉を顰めた。

「はい、繋ぎも途絶え……おそらく何者かの手にかかったものかと……」

「日暮左近と申す者の仕業か……」

「あるいは柊右京介……」

「半兵衛、最早、一刻の猶予もならぬ。観音像の彫られた手鏡を持った女が、鳥居耀蔵の手に落ちれば我が藩の破滅……」

「早々に日暮左近を見つけて……」

「半兵衛……」

兵部が顔の皺を深く刻み、両眼をその中にゆっくりと埋めた。

半兵衛は緊張した。

兵部が眼を皺に隠すのは、非情な決断をする時の癖だった。半兵衛は覚悟を決め、兵部の次の言葉を待った。

「鳥居耀蔵を討ち取れ……」

半兵衛は思わず兵部を見た。

兵部の眼は、完璧に皺の間に埋もれていた。そして皺の間で、冷酷に光っているのだ。

「禍根は根元から断つ……」

「御家老……」

「死ね、錣半兵衛。その命を懸けて鳥居耀蔵を殺せ」

半兵衛は返す言葉もなく平伏した。

「おのれ、鳥居耀蔵。我が宇和島藩伊達家、その方《ほう》の出世の道具にはならぬ」

兵部の声には、憤怒と憎悪が溢れていた。


鬼子母神裏の雑木林は、懐かしさに溢れていた。

百姓家は、木洩れ日を浴びて佇んでいた。

陽炎は木立の陰に潜み、百姓家に異常のないのを確かめた。

百姓家に人の気配はない……。

陽炎は、音もなく百姓家に入り込んだ。百姓家は薄暗く、黴の匂いが鼻を衝いた。

「陽炎……」

暗がりから男の声が、投げかけられた。陽炎は咄嗟に飛び退き、畳針のような手裏剣を握って身構えた。

気配を感じさせなかった強敵……。

陽炎は己の未熟さを恥じながら、敵の攻撃に集中した。

「俺だ……」

暗がりから左近が現れた。

「左近……」

陽炎は構えを解き、慌てて手裏剣を仕舞った。

左近と陽炎は、お互いがつかんだ情報を交換した。

「伊予宇和島藩伊達家か……」

「ああ、半兵衛が目黒白金で出入りしていた場所は、その下屋敷だった」

伊予国宇和島藩伊達家下屋敷……。

漸く何かが分かってきた。残るは、目黒白金村で神無月に生まれ、裏に観音像の彫られた手鏡を持っている女の謎だ。

『駿河台の香織』

女の謎を解くには、駿河台の香織と思われる土屋蔵人の姉を発見しなければならない。

だが土屋蔵人は、公儀番方である小十人組の組頭で、三百石取りの直参旗本だ。公事宿風情《ふぜい》にその内情を調べる手立ては少ない。

青山久蔵……。

左近は、一件の探索を彦兵衛に命じ、『板橋のお福』の件で知り合った北町奉行所吟味方与力の青山久蔵を思い出した。

土屋蔵人と同じ直参旗本の青山久蔵ならば、土屋家について何か知っているかもしれない。

「左近、明日にでも下屋敷に忍び、半兵衛が誰と逢ったか突き止めてくる」

陽炎は、半兵衛を追って下屋敷に忍び込まなかった。それは、左近の指示によるものだ。左近は、陽炎に危険な真似をさせたくなかった。

陽炎のため、秩父忍びのために……。

柊右京介も半兵衛も、陽炎の存在は知らない。だが、陽炎が左近と関わりのある者と知られれば、ただでは済むまい。

左近は、陽炎の身に万が一のことが起こるのを恐れたのだ。

「いいや、陽炎はこれまでのことを、巴屋の彦兵衛殿に報せてくれ」

「彦兵衛にか……」

「うむ。そして土屋家のことを青山久蔵に調べてもらうように伝えてくれ」

「左近、お前はどうするのだ」

「香織の行方を追う……」

「香織か……」

「陽炎、巴屋の周りでは、半兵衛の配下たちが監視している筈。くれぐれも気をつけるのだ」

「分かった。巴屋に行こう……」

陽炎は不服だった。だが、左近が自分を心配してくれるのが嬉しかった。そこには、秩父忍びの誇りと一人の女の思いが、複雑に入り混じっていた。

夕暮れ時の日本橋馬喰町は、連なる旅籠を訪れる旅人たちで賑わっていた。

若い町娘が、馬喰町の往来に入ってきた。町娘は、物珍しげに辺りを見廻しながら往来を進んだ。

今のところ、半兵衛の配下と思われる者はいない……。

町娘は陽炎だった。

左近と陽炎は、半兵衛の配下たちが柊右京介に倒されたことを、まだ知らなかった。

陽炎は、見張っている筈の半兵衛配下の存在を確かめようと、緊張して歩みを進めた。

行く手に巴屋が見えてきた。

陽炎は、巴屋の周囲を油断なく窺った。旅人や通行人が行き交うだけで、異常な気配は、何処にもない。

半兵衛の配下は、巧妙に気配を消して監視をしているのか、それとも監視を解いたのか……。

巴屋に近づいた。派手な着物を着た老婆が、店の表に打ち水をしていた。半兵衛配下の監視を考えれば、通り過ぎることも戻ることも出来ない。

これまでだ……。

陽炎は半兵衛配下を確認できぬまま、巴屋の暖簾《のれん》を潜った。

帳場に出てきた彦兵衛が、上がり框に腰かけていた陽炎に挨拶をした。

「いらっしゃいませ……」

陽炎が、彦兵衛に微笑みかけた。

彦兵衛は、怪訝な思いに駆られた。見抜いたように陽炎が囁いた。

「左近に頼まれてきた陽炎です」

秩父の女忍び陽炎……。

彦兵衛は微かに狼狽した。

「ささ、奥に……」

彦兵衛は狼狽を隠し、陽炎を奥の座敷に招いた。

「お、お春。お茶をな……」

そして彦兵衛は、表から入ってきた年甲斐もなく派手な着物を着たお春に言いつけた。

「どうしたんです、旦那。珍しく慌てて……」

お春がのんびりと笑った。

「いいから早くしなさい」

彦兵衛は厳しく言いつけた。

陽炎は知った。

五人の正体不明の男が、巴屋の前で斬殺されたと聞き、半兵衛配下の見張りが解けている訳を知った。

「何者の仕業です……」

「おそらく柊右京介……」

「柊右京介、鳥居耀蔵の手の者……」

「ええ、青い眼をした男ですよ」

「青い眼……」

この世に青い眼をした男がいる……。

陽炎は少なからず驚いた。

「それで、青山さまに旗本の土屋家を調べていただくのですね」

「ええ、主の土屋蔵人は今、小十人組の頭の役目に就いているそうです」

「分かりました。それにしても白山権現裏の火事、左近さんが関わっていたとは……」

彦兵衛は吐息を漏らした。

「で、左近さんは今……」

「駿河台の香織を追っています」

その時、おりんがお茶を持ってきた。

「どうぞ……」

おりんは笑みを浮かべて茶を差しだし、陽炎の顔を見た。

何処かで見たことのある顔……。

おりんがそう思った時、彦兵衛が紹介した。

「おりん、こちらは左近さんのお使いで見えた陽炎さんだよ」

おりんは驚いた。

「陽炎さん、私の姪のおりんです」

「知っています」

陽炎は、おりんに微笑んで見せた。

おりんは、陽炎の顔を思い出した。

「それでは、これで……」

「あっ、それで左近さんは今、何処に」

「……彦兵衛殿たちは知らぬ方が良いと、左近が……それから、半兵衛は目黒白金の伊予宇和島藩の下屋敷に出入りしていて、家は麻布竜土町、宇和島藩江戸上屋敷の傍です」

四半刻後、陽炎が巴屋から帰り、おりんは部屋に籠もった。

「旦那、お嬢さん、どうしたんですか」

お春が眉を顰《ひそ》めた。

「さあねえ……」

彦兵衛は吐息を漏らし、青山久蔵の処にいく仕度を始めた。

巴屋を出た時、陽炎は不意に殺気を感じ、思わず振り返った。だが、振り返った先には、忙しく行き交う人々がいるだけで、見張っていると思われる人影はなかった。

油断はならぬ……。

陽炎は振り返ったまま、背後に店を広げていた行商の虫売りに駆け寄った。

殺気を感じて振り返ったのではなく、虫の音に気を取られたのを装って……。

娘は投げかけた殺気に反応したのではなく、虫の音に振り返ったようだ。

右京介は、巴屋の向かい側の商家の屋根の上に潜み、左近が現れるのを待っていた。そして、巴屋を訪れる者に殺気を投げかけては、反応から左近と関わりのある者を見極めようとしていた。

橙色の月が浮かんでいた。

駿河台に連なる武家屋敷の瓦は、橙色の月明かりに淡く輝いていた。

蔵人が役目返上願を書き終えた時、手当てした脇腹の浅手が微かに引き攣《つ》った。

脇腹の浅手は、左近に追い詰められての一撃だった。

獣のような奴……。

左近は、彩光庵が燃え落ちても姿を現さなかった。だからといって、彩光庵と一緒に燃え尽きたとは思えない。

一体、何者なのだ……。

分かっていることは、左近が香織さまを探している事実だけだ。

蔵人は、正体不明の日暮左近に底知れぬ恐ろしさを感じていた。


笠を目深に被った武士が、土屋屋敷から現れた。

笠を被った武士は、辺りを警戒もせずに表猿楽町に走った。

闇が揺れて風が巻き、人の気配が消えた。

静寂が訪れた。

旅装束に身を固めた蔵人が、土屋屋敷から現れた。辺りの闇を窺った蔵人は、先ほどまであった人の気配が消えたのを確認し、裏神保小路から一ツ橋小川町の通りに走った。

蔵人は走った。

左近の張り込みを読んだ蔵人は、体格の良く似た家来を囮《おとり》にしたのだ。家来が出かけていくと、闇に潜んでいた人の気配は消えた。

いつか必ず倒さなければならない……。

蔵人はそう決意して走った。

突き当たりに三番火除地《ひよけち》が見えた。

火除地とは、火事の多い江戸で類焼を防ぐために造られた空き地だ。蔵人は、その火除地に飛び込み、身を伏せた。

堀端沿いの火除地は、静まり返っていた。

蔵人は念には念をいれた。

追ってくる者はいない……。

火除地を出た蔵人は、掘割沿いに東に進んだ。

背後の闇が揺れ、人影が浮かんだ。

左近だった。

蔵人は、橙色の月明かりに身をさらし、足早に進んでいく。

左近は追った。

笠を目深に被った武士が出てきた時、左近は直ぐに囮《おとり》だと気がついた。

囮を使う時、土屋蔵人が動く……。

左近はそう読み、囮を追ったと装い、気配を消して蔵人を誘った。蔵人は期待に違《たが》わず動いた。

蔵人の行く処に『駿河台の香織』がいる。

左近は追った。

鎌倉川岸に出た蔵人は、そのまま東に進んで神田請負地を右に曲がり、日本橋に向かった。

おそらく蔵人は、品川から江戸を出る……。

『駿河台の香織』は、江戸の駿河台ではなく東海道の何処かにいるのだ。

蔵人の旅姿が、そう教えてくれていた。

左近は蔵人を追跡した。

夜空に浮かぶ橙色の月は、前にも増して鮮やかに輝いていた。

蔵人と左近が駿河台を出た頃、幽霊坂を上がった先にある鳥居耀蔵の屋敷の前に黒い人影が現れた。

鎹半兵衛だった。

半兵衛は鳥居耀蔵の行動を調べ、襲撃の機会を探り出そうとしていた。

これ以上、配下の者たちを死なせる訳にはいかない……。

半兵衛はたった一人で探っていた。

目付である鳥居耀蔵は、五つ刻に登城する支配の若年寄に役目上での報告をする。そして、配下の徒目付《かち》や黒鍬之者《くろくわ》に命じ、旗本たちの素行を密かに調べる指示をする。

青い眼をした柊右京介は、そうした公儀の配下ではなかった。鳥居耀蔵の私的な配下なのだ。

裏切り者め……。

半兵衛は吐き棄てた。

柊右京介は己を鳥居に売り込むため、伊予宇和島藩伊達家の秘密とその証拠である手鏡の存在を利用したのだ。

宇和島藩国家老の荻森兵部は、いち早くその事実に気がつき、錣半兵衛たち江戸に住む隠密方に手鏡の探索を急がせていたのだ。

巴屋に公事訴訟を頼みに来た錺職の弥七も、江戸に住む親の代からの隠密方の一人だった。弥七は、裏に観音像の彫られた手鏡を持っている女を捜した。探す女の手がかりは、目黒白金村で神無月に生まれていることだけだった。

黒く静かな屋敷の中では、鳥居耀蔵が己の出世に役立つ獲物を探しているのかも知れない。

命に代えても殺す……。

半兵衛は、鳥居耀蔵と刺し違える覚悟をしていた。それが、虚しく死んでいった配下たちへのせめてもの詫びだった。

四

高輪の大木戸を迂回した土屋蔵人は、品川の宿を出て東海道を足早に下った。

左近は見え隠れに追った。

鈴が森、大森《おおもり》、蒲田《かまた》、六郷《ろくごう》……。

左近が東海道を下るのは、由井正雪の軍資金を巡っての闘いに次いで二度目だった。もっとも記憶を失う前、どうだったかは分からない。

六郷川が見えてきた。

蔵人は六郷川に架かる六郷の橋を渡り、先を急いだ。東の空が明るくなり、西に大山《おおやま》が浮かび始めた。

江戸日本橋から四里半(約一八キロ)、蔵人は川崎《かわさき》の宿を通り抜けた。

左近は追跡を続けた。

蔵人は疲れもみせずに歩いた。武芸で鍛え上げた身体は、疲れを覚えることもなかった。

鶴見《つるみ》、生麦《なまむぎ》、子安《こやす》……。

蔵人は神奈川の宿を休まずに歩き抜けて程ケ谷《ほどがや》の宿に着き、初めて茶店で休んだ。

日本橋から八里半(約三三キロ)、蔵人は一度も休まずに歩き抜いた。

左近は蔵人の監視を続けた。

蔵人は茶店の井戸を借り、鍛え上げた鋼のような胸に浮かんだ汗を拭い、茶店の老婆に粥を作ってもらった。

四半刻が過ぎた。

蔵人は茶店の老婆に金を払い、再び歩き始めた。そして権太《ごんた》坂を越え、一気に戸《と》塚《つか》の宿に入り、宿場外れを左に曲がって畦道《あぜみち》を進んだ。

何処に行くのだ……。

蔵人の行く畦道が、何処に続いているのか左近は知らなかった。

蔵人の歩みは、畦道に入っても衰えなかった。左近は追跡を続けた。そして、擦れ違った旅人に畦道の行き着く先を尋ねた。

鎌倉……。

それが、擦れ違った旅人の返事だった。

鎌倉は三浦《みうら》半島のつけ根に位置し、三方を丘陵で閉ざされ、南を海によって守られた要害の地であり、源《みなもとの》頼朝《よりとも》によって鎌倉幕府が開かれた武家政治発祥の地である。東、北、西の三方を塞ぐ丘陵には、鎌倉七口と呼ばれる鎌倉と外部を繋ぐ切通《きりとお》しがあった。

鎌倉七口とは、化粧《けわい》坂、亀谷《かめがやつ》坂、巨福呂《こぶくろ》坂、大仏《だいぶつ》坂、朝比奈《あさひな》、名越《なごえ》、極楽寺《ごくらくじ》坂の切通しをいう。

土屋蔵人は巨福呂坂の切通しを抜け、鎌倉の北に入った。

この鎌倉の何処かに、目黒白金村で神無月に生まれ、裏に観音像の彫られた手鏡を持った『駿河台の香織』がいるのだ。

左近は慎重に蔵人を追った。

鎌倉には鶴岡八幡宮《つるがおかはちまんぐう》を始め、古刹《こさつ》名刹が数多くある。蔵人は、そうした寺に足を向けなかった。丘の麓を行く蔵人の足取りが、微かに遅くなった。だが、迷いは窺えなかった。

目的地に近づき、警戒をし始めた……。

そう感じた左近は、蔵人との距離を可能な限り取った。

遥か彼方を見え隠れに行く蔵人の姿が、いきなり雑木林に消えた。

左近は地を蹴り、蔵人が消えた場所に走った。雑木林の奥に小道があった。左近は小道に蔵人を捜した。

小道に蔵人の姿はなく、苔むした石段が続いていた。

左近は石段を駆け上がった。

石段の上には、小さな古寺があった。

蔵人はこの古寺に入ったのだ。そして、『駿河台の香織』も、此処にいるのかもしれない。

左近は辺りを窺った。古寺は小鳥の囀りに包まれているだけで、不穏な気配はない。

左近は古寺に忍び寄った。


墨の薄れた扁額《へんがく》の文字は、峰雲寺《ほううんじ》と辛うじて読めた。

左近は、峰雲寺の庫裏《くり》の庭に忍んだ。

庫裏では寺男が働いているだけで、蔵人や住職の姿は見えなかった。

薬湯の匂いが、微かに漂っていた。左近は薬湯の匂いを追った。

庫裏の裏に離れ屋があった。薬湯の匂いは、その離れ屋から漂っていた。左近は植え込み伝いに進み、障子の開け放たれた離れ屋の座敷を窺った。

土屋蔵人がいた。

蔵人の他に座敷にいるのは、年老いた住職と蒲団に半身を起こして薬湯を飲む病の女。そして、病の女の介添えをする侍女の三人だった。

薬湯を飲んでいる女が、『駿河台の香織』なのだろうか……。

確かめる手立ては、裏に観音像が彫られた手鏡を持っているかどうかだ。

薬湯を飲み終えた病の女は、蔵人と住職に小さく詫び、侍女によって蒲団に寝かされた。

香織と思われる女は、どうやら重い病に罹《かか》っているようだ。蔵人に渡された書状は、それを報せる住職からのものだったのかも知れない。

蔵人たちの会話は、囁くような小声で続けられ、左近の耳には届かなかった。

一つだけはっきりしている事は、蔵人の病の女に対する態度が肉親の姉へのものではなく、主《しゅう》筋に対するものであった。

何《いず》れにしろ夜だ……。

左近は夜、離れ屋に忍び、病の女が手鏡を持っているかどうか、調べることにした。


夕暮れ時、北町奉行所吟味方与力の青山久蔵が、公事宿巴屋を訪れた。

彦兵衛は慌てて出迎えた。

久蔵は、陽炎が届けた左近の依頼の返事を持ってきたのだ。

「蔵人が主の土屋家は、三河《みかわ》以来の直参でな、元は三千石の大身だったが、二代前の当主、つまり蔵人の祖父の時、公儀のお定めを破ったとして取り潰しになりかけたが、三河以来の土屋家を惜しんだ上様のお声掛かりで辛うじて助かった。ま、二千七百石の大幅減知で三百石の小旗本になっちまったが、御家改易《かいえき》の上、切腹なんてことにならなかっただけでも上等って訳だ」

久蔵は皮肉な笑みを浮かべた。

「青山さま、土屋さまが破った御公儀のお定めとは……」

「そいつはまだだ」

「まだ……」

「ああ、不思議なことに評定所《ひょうじょうしょ》に記録がねえんだよ」

「記録がない……」

「最初からないのか、あったがなくなっちまったのか……」

「破られた御公儀のお定めが、何か……」

「そいつが、目黒白金村で神無月に生まれ、裏に観音像が彫られた手鏡を持っている女とかかわりがあるかい」

「ええ、そう思いますが、記録がない限りは確かめようもありませんね」

「心配するねえ。土屋の祖父さんが破った公儀の定めが何か、必ず突き止めてやるぜ」

久蔵は不敵に言い放った。

麻布竜土町の家を出た錣半兵衛は、六本木町から飯倉片町《いいぐらかたまち》を抜け、麻布市兵衛《いちべえ》町《ちょう》の通りを進み、溜池に出た。そして、外堀沿いに北に向かった。

半兵衛は、鳥居耀蔵と刺し違える覚悟をしていた。最早それだけが、宇和島藩を守る確実な手立てだと信じていた。

夜の町を行く半兵衛の背後に人影が浮かんだ。

房吉だった。

何処に行くのだ……。

房吉は慎重に尾行した。

外堀沿いに進んだ半兵衛は、やがて常盤《ときわ》橋御門前、金座の辻を右手に曲がって東に進んだ。

このまま進めば両国だ……。

房吉は、充分な距離を取って半兵衛を追った。半兵衛の足取りには、迷いの欠片も感じられなかった。

今夜、鳥居耀蔵は柳橋の船宿に微行で訪れる。

半兵衛は、漸く突き止めた情報に賭けていた。いや、賭けるしかなかった。半兵衛は大伝馬町から通旅籠町《とおりはたごちょう》、横山町《よこやまちょう》の通りを抜けて両国広小路に出た。

両国広小路は、終わる夏を惜しむ人々が行き交っていた。

広小路を横切った半兵衛は、下柳原同朋町《しもやなぎわらどうぼうちょう》にある船宿『井筒《いづつ》』の船着場の物陰に潜んだ。

井筒の船着場のある神田川は、すぐに大川の流れと合流して両国橋の下に出る。

半兵衛は船宿から漏れる三味線の爪弾きに包まれ、物陰の闇に溶け込んで姿を隠していた。

半兵衛は誰かを待っている。そして、何かをしようとしている。

房吉は、半兵衛の潜んだ闇を見つめ続けた。

女の賑やかな笑い声が、船宿から夜空に甲高く響き渡った。

鎌倉の山は、星空に黒々と浮かんでいた。

左近は、苔むした古い石段を見上げた。苔むした古い石段は、月明かりに濡れたように光り輝き、その上に峰雲寺の屋根が僅かに見えた。

左近は、付近の村で峰雲寺についての聞き込みをした。

峰雲寺は二百年ほど前、禅寺として開山されたが、いつの間にか無住の寺になり、荒れるに任せていた。だが、五十年前に子連れの雲水《うんすい》が住み着き、峰雲寺を建て直した。

峰雲寺に住み着いた子連れの雲水が、何者なのか知る者はいない。だが、元は武士だと噂され、現在の住職はその時に連れていた子供だといわれていた。

不思議なことに、峰雲寺に病の女がいるのを知っている者はいなかった。

峰雲寺は、病の女の存在を秘密にしている。

秘密にしている事実が、左近には病の女が香織だと確信させた。

月が雲に隠れ、苔むした古い石段の輝きが消えた。殺気も不審な気配もない。

下手に動いて蔵人の知るところになると、斬りあいになる。香織と裏に観音像の彫られた手鏡を確かめない限り、蔵人に見つかる訳にはいかないのだ。

左近は地を蹴り、一気に石段を駆けあがった。

峰雲寺は寝静まっていた。

左近は離れ屋に向かった。

離れ屋からは、薬湯の匂いと共に灯りが漂っていた。

左近は、屋根から天井裏に忍んだ。そして、天井板を僅かに動かし、眼下の座敷を見下ろした。

座敷では、病の女が二寸ほどの手鏡を灯りの前に立て、手を合わせて祈っていた。

裏に彫られた観音像に手を合わせ、祈りを捧げている……。

左近はそう思った。だが、手鏡は裏面を灯りに向け、病の女は鏡の面に手を合わせ、祈っているのだ。

鏡に映る自分の顔に祈っている……。

一瞬、左近はそう思った。だが、同時に否定した。

病の女は眼を瞑り、なにごとかを呟きながら祈っているのだ。その顔には、敬《けい》虔《けん》さが満ち溢れていた。

ただの手鏡ではない……。

左近は気がついた。二寸ほどの手鏡には、信心の対象になるものが仕込まれているのだ。

それが何か、左近は確かめようとした。

「香織さま……」

侍女の声がした。

やはり『駿河台の香織』だった……。

「お入りなさい……」

香織の許しを得た侍女が、次の間から入ってきた。

「もう、お休みになりませぬと、御身体に障ります」

「桔梗《ききょう》、蔵人を呼んだのは、慈源《じげん》さまなのですね」

「はい。香織さまが血をお吐きになったので……。二人とも、香織さまの御身体をご案じになられているのです。ですから、もうお休み下さいませ……」

侍女の桔梗に促され、香織は手鏡の後ろに立てた灯りを消した。そして、手鏡を袱紗《ふくさ》に包み、小さな厨子《ずし》に納めた。その扱い方は、まるで仏像といっていい。

すべては、あの手鏡に秘められている……。

左近は天井裏に潜み、香織が寝静まるのを待った。

相模湾からの風が、屋根の上を吹き抜けていく。

左近は待った。

れていった。

五つ刻（午後八時）が過ぎた。

涼しさを求めて行き交っていた様々な船の灯火も減り、大川は次第に闇に覆われていった。

何をする気だ……。

房吉は、闇に潜んだ半兵衛を見張り続けた。

半兵衛の潜んだ闇は静まり返り、人の気配すら感じさせなかった。

房吉の胸に疑問が過《よ》ぎった。

物陰の闇に半兵衛はいるのか……。

疑問は疑惑となり、不安になった。

房吉は、半兵衛が潜んでいる物陰の闇に忍び寄った。

その時、船宿『井筒』から人の声がした。房吉は慌てて物陰に戻った。

頭巾を被った大身の武士が家来を従え、大店の主らしき男や船宿の女将たちに見送られて井筒から出てきた。

頭巾の武士は、大店の主や女将たちに見送られて船着場に向かった。

船着場に迎えの屋根船が着いた。

手拭を被った船頭が蹲《うずくま》って屋根船の船縁を押さえ、頭巾の武士と家来が乗るのを待った。

房吉は物陰に潜み、半兵衛のいる暗闇を見据えた。

半兵衛のいる闇には、何の動きも見えなかった。

頭巾を被った武士が、屋根船に乗り込み、家来が続こうとした。刹那、蹲って船縁を押さえていた船頭が、桟橋を蹴りながら屋根船に飛び乗った。

屋根船が大きく揺れ、頭巾の武士がよろめいた。船頭が苦無《くない》を構えて頭巾の武士に体当たりをした。頭巾の武士が腹から血を流し、苦しげな呻き声をあげた。

「おのれ曲者《くせもの》、捕らえい」

船宿『井筒』から芸者と一緒に出てきた武士が怒鳴った。

鳥居耀蔵だった。

「と、鳥居……」

狼狽した船頭が、腹を刺した武士の頭巾をむしり取った。見知らぬ男、影武者だった。大名旗本の不始末を調べ、その浮沈を左右する目付。特に取り潰しを狙う鳥居耀蔵に敵は多く、外出時には密かに影武者を用意していたのだ。

鳥居の家来たちが、屋根船に次々と飛び移り、船頭に襲いかかった。

船頭は咄嗟に応戦した。次の瞬間、船頭の顔を隠していた手拭が斬り飛ばされた。

現れた顔を見て房吉は驚いた。

船頭は錣半兵衛だった。

いつの間に……。

闇に溶け込んでいた筈の半兵衛が、いつの間にか船頭に化けて鳥居耀蔵の命を狙った。

半兵衛は懸命に鳥居に迫ろうとした。だが、家来たちはそれを許さず、攻撃は熾烈《しれつ》を極めた。半兵衛の着物が、血に染まり始めた。

半兵衛は左肩に激痛を覚えた。同時に血が噴出し、左腕の感覚が消えた。

鳥居の家来たちが、絶え間なく白刃を閃かせて迫ってくる。

おのれ、鳥居……。

熱い衝撃が、右の脇腹に走り抜けた。身体の均衡が崩れ、膝の力が一瞬で消えた。

半兵衛は絶望に包まれた。

その時、屋根船が大きく傾き、半兵衛の身体が仰け反った。

水飛沫が音を立ててあがり、半兵衛の姿が川の中に消えた。

鳥居の家来たちが、慌てて半兵衛の行方を捜した。

房吉は大川に走った。

黒い人影の漕ぐ猪牙舟が、暗い大川を下って行く。房吉は追った。

房吉は見ていた。

神田川から現れた手が、屋根船の船縁を傾かせ、半兵衛を川の中に引きずり込んだ。そして半兵衛は、何者かによって神田川の中を大川に連れ去られたのだ。

房吉の潜んでいた処から、その様子が確かに見えた。

大川に浮かび上がった黒い影は、気を失っている半兵衛を係留してあった猪牙舟に引きずり上げ、素早く流れに乗って下り始めた。

すべては僅かな間の出来事だった。

人間業じゃあねえ、まるで左近さんだ……。

黒い人影の操る猪牙舟は、元柳橋の傍らを抜けて大川を下っていく。

房吉は、大川沿いに猪牙舟を追跡した。

だが、御三卿一橋家下屋敷の木戸が、房吉の行く手を阻んだ。

半兵衛を乗せた猪牙舟は、新大橋の下の暗がりに遠ざかっていく。

房吉は、消え去っていく猪牙舟を見送るしかなかった。

四つ刻（午後十時）。

左近の姿が、峰雲寺の離れ屋の闇に浮かび上がった。

香織は、薬湯の匂いの漂う寝間で眠っていた。その寝息は、病のせいで乱れていた。

乱れている寝息は、香織の行く末が長くはないと教えてくれている。

左近は眉を顰めた。

手鏡を納めた厨子は、座敷の違い棚に置いてあった。左近は厨子を開け、袱紗に包まれた手鏡を取り出した。

直径二寸ほどの手鏡は、よく磨き込まれており、裏には観音像と光背の透かし彫りがあった。

目黒白金村で神無月に生まれた女が、持っている筈の手鏡に違いなかった。

深川のお美代、四ッ谷のお静、板橋のお福、そして駿河台の香織。

左近は漸く発見した。

この手鏡には、秘密が隠されている……。

左近は手鏡を調べた。だが手鏡には、何の仕掛けもなかった。所詮、闇での詳しい調べは無理だ。左近は手鏡を袱紗に包み、懐に納めた。

薬湯の匂いが、微かに揺れた。

左近は反射的に闇に飛び、匂いの揺れに向かって身構えた。

香織の苦しげな咳が、寝間からあがった。侍女の桔梗が、咳き込む香織を慌てて介抱する様子が窺えた。

左近の構えが緩んだ。

男の足音が、廊下に聞こえてきた。

土屋蔵人……。

長居をし過ぎた。

左近は緩んだ構えを引き締め、少なからず悔やんだ。

息を合わせろ……。

久々に失われた記憶が囁いた。

最早、蔵人の動きに合わせるしかない。

動きを合わせ、相手の呼吸に入り込んで同化し、気配を消す。闘わず脱出するには、それしかない。

左近は蔵人の動きに合わせた。

蔵人が寝間の前に来た。次は障子を開けて寝間に入る。その時、左近は逆に庭に出る。

互いの動きは、一瞬重なることによって相殺され、左近の脱出は気づかれずに済む。

左近は、蔵人が障子を開ける瞬間を待ち、体勢を整えた。

今だ……。

左近の手が、静かに障子にかかった。

「桔梗、香織さまの御容態は……」

左近の呼吸が、思わず乱れた。

蔵人は障子を開けず、先《ま》ず声をかけたのだ。

「何者」

蔵人の厳しい声が、左近に投げつけられた。

左近は障子を開けて雨戸を蹴倒し、一気に庭に飛び出した。そして庭に立った時、蔵人が激しい殺気と共に襲いかかってきた。

刃風が、唸りをあげて背後に迫った。

左近は無明刀を閃かせた。

斬り結ぶ刀の音が、黒い木々の梢に響き、火花が散った。

「日暮左近……」

蔵人の驚いた声があがった。

左近は返事もせず、一気に脱出しようと走った。だが、新たな殺気が、左近の行く手を阻んだ。咄嗟に左近は、横手に転がって殺気を躱した。錫杖《しゃくじょう》が唸りをあげて飛来し、左近のいた場所を深々と貫いた。

老僧慈源が夜空を飛んで現れ、立ち上がった左近に鋭い蹴りを与えた。

左近は無明刀を構える間もなく、大きく弾き飛ばされた。老僧とは思えない鋭い蹴りだった。左近は意外な攻撃に狼狽し、必死に体勢を立て直した。

「父上、蔵人、香織さまの手鏡が、手鏡が奪われました」

桔梗が悲鳴のように叫んだ。

「おのれ……」

蔵人と慈源が、怒りを露わにして猛然と攻撃してきた。刃風が鳴り、拳が唸った。二人の攻撃は絶え間なく続き、左近に充分な距離を取って攻撃する間を与えなかった。

蔵人の刀が左近の頬を掠め、慈源の拳と蹴りが着物を引き裂いた。

二人の懐に入った絶え間ない攻撃は、左近の見切りを狂わせ始めていた。

左近はじりじりと後退し、無明刀を横薙ぎに一閃させた。

蔵人と慈源は、背後に大きく飛んで躱した。

今だ……。

左近が無明刀を大上段に大きく構え、ゆっくりと踏み込んだ。蔵人と慈源は攻撃を控え、素早く左右に別れて左近と対峙した。

いきなり背後に殺気が湧いた。

左近は、振り向きざまに無明刀を斬り下ろした。無明刀が瞬き、半弓《はんきゅう》の矢が二つに斬り飛ばされた。次の瞬間、鏃《やじり》のついた矢の片割れが弾け飛び、左近の太股に突き刺さった。

思わぬ成り行きだった。

左近は動揺し、慌てて太股に突き刺さった矢を引き抜いた。鏃の返しは意外に大きく、肉を裂いて血を噴き出させた。

侍女の桔梗が、座敷の縁側から二の矢を放った。左近は、傷ついた脚を引きずって躱した。間髪を容れず蔵人が迫り、刀を閃かせた。左近は懸命に蔵人の刀を躱し、崖下に身を投げ出した。

笹や小枝が、顔と身体中を突つきまわした。

左近は、笹の生い茂る急斜面を転がり落ちていた。

蔵人と慈源は、追って崖を降りようとした。

「父上、蔵人、香織さまが」

桔梗の切迫した声が響いた。

蔵人と慈源が、慌てて座敷に戻った。

香織が血を吐き、意識を失って倒れていた。

「香織さま……」

慈源が香織の容態を診た。

「……叔父上……」

「蔵人、香織さまは儂《わし》と桔梗が診る。その方はすぐに曲者を追い、手鏡を奪い返せ」

「しかし……」

「蔵人、父上の言う通り、香織さまは私たちに任せて追うのよ」

「桔梗」

「手鏡を取り戻すのが、香織さまのためなのよ。早く」

「心得た」

蔵人は離れ屋を出た。


太股の矢傷は、意外に深かった。

住職の慈源は勿論《もちろん》、侍女の桔梗もかなりの遣い手であった。おそらく二人とも武家の出、ひょっとしたら蔵人と同根の土屋一族なのかもしれない。

峰雲寺裏の崖を転げ落ちて窮地を脱した左近は、朽ちかけた炭焼小屋に潜んで傷の手当てをした。

香織と手鏡、そして伊予宇和島藩と鳥居耀蔵……。

すべての謎を解く鍵は、漸く手に入れた手鏡に秘められている。

左近は手鏡を取り出した。

薄い銅板の手鏡は、よく磨き込まれており、左近の顔をはっきりと映した。銅板の鏡には、変わったところは窺えなかった。

手鏡の裏には、精密な模様の光背を背負った観音像が透かし彫りにされていた。光背に囲まれた観音像は、柔和な微笑みを控えめに浮かべている。

特に変わった観音像ではない……。

だが左近は、観音像を囲む光背が気になった。仏像の光背は、日輪や炎が普通である。手鏡の光背は、節に葉のある竹が丸く描かれ、中に羽を広げて向かい合っている二羽の雀が透かし彫りになっている。

光背というより、まるで家紋だ……。

左近がそう呟いた時、小屋の崩れた板壁の隙間から差し込んだ光が、手鏡に反射して左近の顔を眩しく照らした。

灯りを背にした手鏡……。

左近は思い出した。

香織が灯りの前に手鏡を置き、手を合わせて祈る姿を思い出した。

左近は手鏡を手に取り、差し込む光に翳した。

手鏡の表面に十字架が浮かび上がり、裏に彫られた観音像が抜けて重なり映った。

十字架と観音像が、鮮やかに光り輝いた。

切支丹《キリシタン》……。

禁制の切支丹には、十字架にかけられた男と優しげな女の仏像があると聞く。

手鏡の観音像は、その女の仏像なのだ。

香織は隠れ切支丹……。
目黒白金村で神無月に生まれた女は、隠れ切支丹だったのだ。
左近は手鏡を見つめた。
十字架と観音像が、美しく浮き出ていた。

第五章　目黒白金　祈る女

一

鎌倉を出て、江戸に戻る。

左近は手鏡を懐に入れ、朽ちかけた炭焼小屋を出た。鎌倉の山々には、既に秋風が吹き始めていた。

鎌倉から東海道の戸塚宿までは三里（約一一・八キロ）。そして、戸塚宿から江戸日本橋までは約十里（約三九キロ）。都合ざっと十三里（約五一キロ）だ。

東海道戸塚宿に着いた左近は、休みもせずに江戸に向かった。

土屋蔵人がこのまま黙っている筈はない。手鏡を必ず奪い返しに来る。左近は擦れ違う旅人や、一定の距離を保って背後から来る者を警戒し、先を急いだ。

柏尾《かしお》、平戸《ひらど》を通り、品濃《しなの》坂を過ぎて相模国から武蔵国に入った。そして、権太坂と元町を抜け、江戸日本橋まで八里半（約三三キロ）の程ヶ谷の宿に近づいた。

程ヶ谷宿には、鎌倉に行く金沢《かなざわ》廻りの道がある。土屋蔵人が現れるとしたら先ず程ヶ谷宿だ。

左近は辺りの警戒を強めた。


程ヶ谷宿では何事もなかった。

土屋蔵人が程ヶ谷宿で襲撃しなかったのは、左近が東海道の何処に現れるか確信がなかったからだろうか。

程ヶ谷から品川宿まで六里半（約二六キロ）。

土屋蔵人は、左近が必ず通ると確信の持てる処《ところ》で襲ってくる。

六里半の何処かで……。

左近は油断なく急いだ。

神奈川、子安、生麦、鶴見を過ぎ、川崎宿に着いた。

品川宿まで残り二里半（約一〇キロ）。

その二里半の中で、蔵人は襲ってくる。

左近は油断なく進んだ。六郷、蒲田、大森を何事もなく過ぎた。

陽が西に傾き始めた。

左近は、夕陽を背にして品川に急いだ。

行く手に明神の社《やしろ》が見えてきた。漁師町の浜川《はまかわ》だ。浅草海苔は、この辺りの海で作られていた。夕陽に照らされている品川は、眼と鼻の先だ。

左近は、背中に夕陽を感じながら油断なく進んだ。

「日暮左近」

蔵人の鋭い声が、殺気と共に背後から浴びせられた。

左近は振り返った。

真っ赤な夕陽が、空一面に広がり、燃えるように輝いていた。

左近の眼が眩《くら》んだ。

次の瞬間、赤い夕陽の輝きの中に黒い人影が揺れた。刀を八相《はっそう》に構えた蔵人が、猛然と駆け寄ってきたのだ。

見切れぬ……。

左近は戸惑いながらも身構え、眩しさに眼を瞑った。瞼の裏には、夕陽が赤い残像として残り、震えるように揺れた。

左近の五感は、赤い夕陽に支配された。

蔵人の駆け寄る足音だけが、微かに聞こえた。左近は夕陽を横にした位置を取ろうと、海辺に走った。だが、蔵人は素早く並行に走り、左近の位置取りを阻んだ。

寄せては返す波は、夕陽に赤く煌《きら》めきながら左近の足を濡らした。

夕陽を正面に浴びている限り、左近が蔵人に勝てる筈はなかった。

左近は無明刀を抜き、片手上段に高々と構えた。

蔵人が砂を蹴り、刀を閃かせた。

左近が左手で手鏡を出し、蔵人に向けた。

夕陽を受けた手鏡が、真っ赤に輝いた。

反射した赤い光が、蔵人の眼を射抜いた。

蔵人は、眩しさに怯みながらも、渾身の袈裟斬りを放った。

無明斬刃……。

無明刀が白い閃光となった。

一瞬の交錯だった。

左近は片手、蔵人は眩しさ、互いに不利な体勢から攻撃を放った。二人は残心の構えをとり、微動だにしなかった。

打ち寄せる波が、左近と蔵人の足を濡らし続けた。

左近の左手から血が滴った。手鏡が砂の上にゆっくりと落ち、砂を僅かに跳ね上げた。

蔵人が眼を輝かせ、手鏡の前に崩れるように跪《ひざまず》いた。そして、手鏡を取ろうと右手を伸ばしたが、小刻みに震えるだけだった。蔵人の右肩は、血に赤く染まっていた。

左近の追い詰められた片手上段が、無明刀の見切りを伸ばし、蔵人の斬り込みに僅かに勝った。だが、斬り込む力は、片手の分だけ弱くなった。

蔵人は苦しく呻き、手鏡を取ろうと必死に手を伸ばした。

虚しく儚《はかな》い行為だった。

「隠れ切支丹か……」

「……さ、左近……」

蔵人は力を振り絞り、左近に摑みかかった。

左近は躱さなかった。

摑みかかった蔵人の手が虚空に舞い、その身体が前のめりに倒れて砂を散らせた。

「か、香織さま……」

蔵人の気力と力が、途切れた。

打ち寄せる波が、蔵人の顔の砂と右肩の血を洗った。

左近は手鏡を拾い、佇んだ。

品川の海辺は、静かに逢魔時《おうまがとき》に包まれていった。

今日も虚しく過ぎた。

柊右京介は、公事宿巴屋の監視を止めた。日暮左近が板橋から消え、その姿を隠してから何日が過ぎたであろう。

その間に、鳥居耀蔵が錣半兵衛に襲撃された。猜疑《さいぎ》心の強い鳥居耀蔵に油断はなかった。

半兵衛は深手を負い、止《とど》めを刺されそうになった。だが、何者かが半兵衛を助け、連れ去った。

日暮左近……。

半兵衛を助けて連れ去ったのは、左近なのかもしれない。

右京介は、耀蔵の陰湿な叱責を受け、猜疑《さいぎ》と軽蔑に満ち溢れた眼差しを浴びた。

左近と半兵衛を一刻も早く倒し、目黒白金村で神無月に生まれた女の所持している手鏡を手に入れなければならない。

鳥居耀蔵の野望に応え、己を高く売るにはそれしかないのだ。右京介は夜の闇を選び、足早に進んだ。


夜の鉄砲洲波除稲荷には、江戸湊からの風が吹き抜けていた。

黒い人影が走り、波除稲荷の裏に消えた。

闇に包まれた公事宿巴屋の寮には、薬草の匂いが微かに漂っていた。薬草の匂いが揺れ、忍び姿の人影が現れた。

「誰だ……」

闇の中から男の苦しげな声がした。

「私だ……」

忍び姿の人影が覆面を外した。

陽炎だった。

「お主か……」

闇の中にいる男が、小さな吐息を漏らした。

半兵衛だった。

陽炎は鬼子母神裏の百姓家から持ってきた様々な薬草を取り出し、闇に敷かれた蒲団に横たわる半兵衛の傷の手当てを始めた。

半兵衛は無数の手傷を負っていた。その中でも左肩と右の脇腹の傷は、かなりの深手で予断は許さなかった。

「何故、儂を助けた」

「……分からぬ」

陽炎は正直に答えた。あの時、陽炎は半兵衛を密かに見張っていた。そして、半兵衛の決死の襲撃を見守っていた。陽炎は襲撃の失敗を予見した。

半兵衛は、房吉の尾行に気づかなかった。

そこに、半兵衛の焦りが表れていた。焦りは、襲撃の邪魔物でしかない。案の定、半兵衛は失敗した。陽炎は半兵衛を助けた。

半兵衛を助けることは、左近のためになる。

陽炎は不意にそう思った。確信はないが、そう思った。だから助けて、猪牙舟に乗せて巴屋の寮に運び込んだ。

「お主、何処の忍びだ」

「秩父……」

「秩父忍びは、既に滅びたと聞いていたが、違ったのか……」

陽炎は返事をせず、半兵衛の脇腹の傷の手当てを続けた。傷は深く、下手をすれば命取りになるかもしれない。

「日暮左近と関わり、あるのか……」

手当てをする陽炎の手が、一瞬だが止まった。

「……関わり、あるのだな」

「ならば、どうする……」

半兵衛は眼を瞑った。

「……左近に伝えて欲しい。四国の伊予宇和島藩伊達家を、公儀目付鳥居耀蔵から助けてやってくれと……」

「大名を助けるのか……」

「宇和島藩伊達一族にはその昔、切支丹信者がいてな、御禁制になった後も密かに信仰を続けた……」

「隠れ切支丹か」

「如何《いか》にも。宇和島藩伊達一族に隠れ切支丹がいた確かな証拠が例の手鏡。だが手鏡は既に行方知れず。もし、公儀の手に渡れば、伊予宇和島藩は否応なくお取り潰し、伊達家は断絶……」

「その手鏡を持っているのが、目黒白金村で神無月に生まれた女なのか」

「そうだ。女の行方は、鳥居の配下も追っている」

「公儀目付の鳥居耀蔵か……」

「鳥居は宇和島藩取り潰しを老中や若年寄の手土産にして、のし上がろうとしている」

「鳥居は何故、宇和島藩伊達家の秘密を嗅ぎつけたのだ」

「裏切った者がいた……」

「裏切り者……」

「柊右京介……元伊予宇和島藩探索方、儂の配下だった男だ」

「柊右京介……」

「阿蘭陀《オランダ》人の血を引く男で……」

「そこまでだ。半兵衛……」

右京介の声が、天井から落ちてきた。

陽炎が、咄嗟に身構えた。

「柊右京介」

半兵衛が必死に身体を起こした。

次の瞬間、右京介が天井を破って陽炎に襲いかかった。

陽炎は背後に飛び退き、畳針のように細い棒手裏剣を放った。右京介は半兵衛の寝ていた蒲団を剝ぎ取り、盾にした。陽炎の棒手裏剣は、蒲団に虚しく刺さった。

公事宿巴屋の監視を止めた右京介は、鉄砲洲波除稲荷裏の寮の様子を窺いに来た。そして、陽炎と半兵衛がいるのに気づいたのだ。

右京介の青い眼が、漸く獲物を見つけた飢えた獣のように輝き、陽炎に迫った。

陽炎は刀を抜いた。右京介の刀が、横薙ぎに閃いた。陽炎の刀が、二つに折れて弾け飛んだ。

「半兵衛の世迷言《よまいごと》、聞き過ぎたようだな」

右京介は陽炎の頰を殴り飛ばした。

躱す暇はなかった。

陽炎は大きく飛ばされ、激しく壁にぶつかって倒れた。

「左近の手の者なら容赦はせぬ……」

右京介は陽炎を追い詰め、刀を縦横に閃かせた。陽炎の忍び装束が斬り裂かれ、露わになった素肌に血が滲んだ。右京介は捕らえた獲物を弄ぶ獣のように見切りを楽しみ、布一枚皮一枚を斬って陽炎を苛《さいな》んだ。

陽炎は反撃する隙を必死に探した。だが、襲うまで気配を感じさせなかった右京介に隙はなかった。陽炎の忍び装束は、上半身を既に斬り飛ばされ、胸を固く締めた晒《さら》しだけになっていた。

右京介の青い眼に嘲りが浮かんだ。

「左近の女か……」

陽炎は動揺した。

右京介は自分を捕らえ、左近を誘《おび》き出す人質にする……。

捕らえられて左近の足手纏いになるのなら、自分で己の命の始末をしなければならない。

陽炎は覚悟した。

右京介が素早く動き、陽炎を背後から抱いて、刀を突きつけた。

陽炎の顔が苦痛に歪んだ。

右京介は、青い眼に残忍さを浮かべた。

最早、これまで……。

陽炎は己の命を棄てるべく、口の奥の偽歯を舌の先で押した。偽歯の中には、秩父忍び秘伝の毒薬が仕込んであった。毒は一瞬にして人の命を奪う。舌に押された偽歯が、僅かに動いた。

陽炎は思わず眼を閉じた。

瞼の裏に左近の顔が浮かんだ。

左近……。

陽炎は舌の先で尚も偽歯を押した。

突然、右京介の息が乱れた。陽炎は反射的に身体を沈め、右京介の手から転がり逃れた。

右京介が背を向け、蹲《うずくま》っている半兵衛を見下ろしていた。陽炎の棒手裏剣が、右京介の右足首の腱に突き立っていた。半兵衛の仕業だった。右京介が蒲団で躱した陽炎の棒手裏剣を半兵衛が使ったのだ。

「おのれ、半兵衛……」

右京介の刀が、蹲っている半兵衛の頭上に閃いた。

「逃げろ」

半兵衛が短く叫び、右京介の顔に陽炎の棒手裏剣を放った。棒手裏剣は、右京介の青い眼に向かった。閃光が走り、甲高い金属音と共に棒手裏剣が弾き飛ばされた。

「死ね」

棒手裏剣を弾いた閃光が、右京介の怒りに溢れた声と共に蹲っている半兵衛の首に突き立てられた。

「半兵衛……」

陽炎が思わず声を漏らした。右京介が振り返った。陽炎は身を翻し、板戸を蹴破って押し入れに飛び込んだ。

右京介は半兵衛の首から刀を引き抜き、素早く押し入れに走った。半兵衛は首から血を噴き出させ、絶命した。

押し入れの中に陽炎はいなく、床に暗い穴が開いているだけだった。

右京介は陽炎を追った。右足首の腱に鋭い痛みが走った。

鉄砲洲波除稲荷には、波の音と風が静かに流れているだけで、陽炎の潜んでいる気配はなかった。

右京介の右足首の腱を、鋭い痛みが断続的に突き上げていた。

房吉は虚しい探索結果を彦兵衛に報告し、お絹の待つ浜松町一丁目の家に急いでいた。

東海道と増上寺《ぞうじょうじ》の大門通りが交差した処が、浜松町一丁目だった。三縁山《さんえんざん》増上寺は、慶長《けいちょう》三年に麴町から移築された浄土宗の大本山であり、二代将軍秀忠などが葬られている徳川家の菩提寺の一つであった。

東海道を来た房吉は、大門通りを右手に曲がって七軒町《しちけんちょう》との間の道を進んだ。そこに、房吉とお絹が暮らす家があった。

お絹は由井正雪の軍資金を巡っての事件の時、心身共に深く傷ついたが漸く立ち直り、房吉と新所帯を持ったのだ。

お絹は怯えた顔で房吉を迎えた。

「どうしたんだ」

房吉は緊張した。

「さっき左近さんが見えて……」

「左近さんが」

「ええ、そして……」

お絹が次の間の襖を僅かに開けた。

明かりが差し込み、暗い次の間に眠っている土屋蔵人の顔を照らした。蔵人の右肩に包帯が巻かれ、枕元には薬湯が置かれていた。

「左近さんが連れてきたのか……」

「ええ、土屋蔵人さま。肩の傷が治るまで置いてやってくれと……」

「そうか……」

房吉は襖を閉めた。

左近は蔵人を品川で医者に診せ、近い房吉の家に担ぎ込んだのだ。

「肩の傷、酷いようだな」

「此処二、三日が山だと。左近さんが斬ったんですって……」

「左近さんが」

「ええ、左近さんも左腕に怪我をしていましたよ」

左近は土屋蔵人と闘って倒したが、手傷を負った。左近に手傷を負わせたとなると、土屋蔵人もかなりの使い手といえる。そして左近は、斬り合った相手の蔵人を助けた。房吉は左近の行為に、土屋蔵人の人柄を見た。

「……で、他に何か言っていなかったかい」

「目黒白金村で神無月に生まれた女は、『駿河台の香織』で鎌倉にいた。そして、例の手鏡は手に入れた、と……」

「左近さんがそう言ったのか」

「ええ……」

左近が女を突き止め、裏に観音像の彫られた手鏡を手に入れたのだ。

「それで、左近さんは他に何か言っていなかったかい」

「土屋さまの容態、鎌倉の峰雲寺に報せてやって欲しいと……」

「鎌倉の峰雲寺……」

「はい」

最後の時が近づいている……。

房吉は敏感にそう感じた。


鬼子母神裏の雑木林は、様々な虫の音に満ち溢れていた。

木陰に現れた陽炎が、辺りの様子を窺って百姓家に飛んだ。

百姓家に入った陽炎は、斬り裂かれた忍び装束を手早く脱ぎ棄てた。微かに汗ばんだ裸身が、高窓から差し込む月光に白く浮かんだ。

「おのれ右京介……」

陽炎は悔しく呟いた。

途端に人の気配が湧いた。陽炎は全裸のまま身構えた。

「柊右京介と闘ったのか」

暗闇から左近の声がした。

「左近……」

陽炎は素早く新しい着物を纏った。左近が闇から姿を現した。

「何処で闘った……」

「鉄砲洲波除稲荷裏の寮だ」

陽炎は怒ったように答えた。それは、裸を見られたことより、右京介に続き左近の気配に気づかなかった己の未熟さを隠すためのものだった。

「左近、鍰半兵衛は右京介の手にかかり、虚しく果てた」

「鍰半兵衛が……」

「ああ、四国伊予宇和島藩伊達家を公儀目付鳥居耀蔵から助けてやってくれと、お前に言い残して死んでいった」

「伊予宇和島藩伊達家を鳥居耀蔵から助ける……」

「そうだ……」

陽炎の返事には、半兵衛を殺された悔しさと苛立ちが含まれていた。

「隠れ切支丹か……」

「左近……」

陽炎は、事の成り行きと半兵衛の言い残した言葉を、左近に詳しく伝えた。そして左近も、『駿河台の香織』を探して鎌倉に行った顚末《てんまつ》と、土屋蔵人との闘いを教えた。

鬼子母神裏の雑木林には、去り行く夏を惜しむかのような虫の音が溢れていた。

二

日本橋川を下り、江戸橋と鎧ノ渡の間の掘割と合流する処《ところ》に思案《しあん》橋がある。

思案橋の界隈は小網町《こあみちょう》と呼ばれ、船宿『葉月《はづき》』があった。北町奉行所吟味方与力の青山久蔵が、面会場所として指定してきたのは、その葉月だった。

彦兵衛と左近が『葉月』を訪れた時、久蔵は寛いだ着流し姿で女将のお涼《りょう》を相手に酒を飲んでいた。そして、彦兵衛と左近に酒を勧め、お涼に座を外せと命じた。

「まあ、水臭い……」

お涼が甘えるように頬を膨らませた。

「お涼、余計な事を聞いて、殺されてもいいってんなら居てもいいぜ」

久蔵は楽しげな笑みを見せた。

「……冗談じゃありませんよ」

お涼は苦笑し、さっさと座敷から出ていった。

「で、何がどうなったい……」

久蔵の眼が、軽い言葉とは裏腹に鋭く輝いた。

左近は袱紗に包んだ手鏡を取り出し、久蔵の前に差し出した。

「こいつが、裏に観音像が彫ってある手鏡かい……」

久蔵は袱紗を解き、手鏡を手に取って見た。

「灯りに翳すと、裏に彫られた観音像が表に透けて映り、十字架が浮かぶ……」

久蔵が緊張した面持ちで左近を一瞥し、手鏡を行燈の灯に翳した。

行燈の弱い灯を受け、手鏡に十字架と観音像が微かに浮かんだ。

「隠れ切支丹か……」

「間違いあるまい」

「なるほど、手の込んだ見事な細工だぜ……」

「分からぬのは、裏に彫られた観音像を取り囲む光背だ」

久蔵は、左近の言葉に促され、手鏡の裏を見た。

観音像を取り囲む透かし彫りの光背は、節に葉のある竹が丸く描かれ、中に二羽の雀が羽を広げて向かい合っている。

「こいつは宇和島笹。四国の伊予宇和島藩伊達家の紋所だぜ」

「やはり……」

彦兵衛が頷いた。

「御禁制の切支丹と宇和島伊達の紋所か……。こいつが鳥居耀蔵に渡れば、殿様は切腹、十万石の御家は断絶、宇和島伊達はひとたまりもねえや」

「隠れ切支丹の逃れようもない確かな証拠にございますか」

「ああ、命取りだぜ。仮牢にいる錺職の弥七が何も話さねえ訳だ」

「錣半兵衛たちが命を賭け、虚しく死んでいったのも頷ける」

左近が半兵衛たちの死を悼《いた》むかのように盃を小さく翳し、酒を飲み干した。

「それで、この手鏡を持っていたのは、駿河台の香織、土屋蔵人の姉なんだな」

「姉といっているが、おそらく違う……」

「ああ、おいらもそう思うぜ。で、その香織、鎌倉の何処にいるんだい」

「峰雲寺。慈源という年老いた住職と侍女の桔梗と暮らしている」

「寺に住む隠れ切支丹か……」

「左様、慈源と桔梗はおそらく武家の出。そして、香織は労咳《ろうがい》を病んでいる」

「左近さんの見たところ、香織って方はあまり長くはないそうですよ」

「そいつは気の毒に……」

「で、青山様、土屋家について何か……」

「ああ、土屋蔵人の祖父さんが、三千石から三百石に家禄を減らされた理由だがな。こっちも隠れ切支丹との関わりがあったからだそうだ」

「隠れ切支丹と関わり……」

「ああ、祖父さんが切支丹の仏像を持っているとの噂が囁かれてな。公儀の役人どもが探索したのだが、結局は見つからなかった。そこで公儀は、二千七百石の減封を命じて祖父さんを隠居させ、嫡男に家督を継がせた。その家督を継いだ嫡男ってのが、蔵人の親父ってことよ」

「無住の荒れ寺だった峰雲寺を再興したのは、子供を連れた雲水だったそうだ」

「隠居させられた蔵人の祖父さんは、二番目の倅《せがれ》を連れて姿を消している」

「では、峰雲寺を再興した雲水が……」

「おそらく蔵人の祖父さんで、連れていた子供は二番目の倅、今の住職の慈源だろう」

久蔵の睨みは、おそらく外れていないだろう。慈源は蔵人の叔父であり、桔梗は従妹《いとこ》なのだ。だが、分からないのは、香織の正体と土屋家の関わりだった。

「そいつは、おいらにも分からねえが、ひょっとしたら原主水《はらもんど》の一件に関わりがあるのかも知れねえな」

「原主水……」

「ああ。大昔、権現さまの近臣だった武士でな、こいつが切支丹だと露見して額に十字の烙印を押され、手と足の筋を切られて追放された。だが、原主水はそれにもめげず江戸界隈に舞い戻り、布教を続けたそうだ……」

原主水の布教活動は、信徒たちに深い感銘を与えた。だが元和《げんな》九年十月、時の将軍家光は、切支丹に大弾圧を加えたのだ。捕えられた原主水とエロニモとガルベスの両神父、そして五十人ほどの切支丹が無残に処刑された。続いて二十七日、家族や宿主ら三十余人が処刑された。処刑は子供や幼児にも情け容赦なく及び、斬首や串刺しなどの残虐を極めたという。

その時の切支丹弾圧が、直参の旗本土屋家と大名の伊予国宇和島藩伊達家に関わっているのかどうかは、誰にも分からなかった。

何れにしろ、目黒白金村で神無月に生まれた女と、裏に観音像の彫られた手鏡の秘密は突き止められた。

手鏡の存在は、伊予国宇和島藩伊達家の存亡の鍵を握り、香織は土屋家の命運を左右する。

野望に燃える公儀目付鳥居耀蔵にとって宇和島藩、隠れ切支丹は願ってもない獲物、生贄《いけにえ》といえた。

「さあて、これからどうするかだな……」

久蔵が左近と彦兵衛に笑いかけた。

青山久蔵は、北町奉行所吟味方与力としてどう出るのか……。

左近と彦兵衛には想像がつかなかった。

町方とはいえ公儀の役人である限り、久蔵の立場は鳥居耀蔵と根幹を一緒にしている。隠れ切支丹摘発の手柄を挙げれば、久蔵にも出世の望みが訪れる。

その時は……。

左近は久蔵を見詰めた。

久蔵は苦笑した。

「怖い顔をすると、王子の狐と瓜二つになるぜ……」

久蔵は『板橋のお福』の時、左近が不動一家を皆殺しにした事を指して牽制《けんせい》した。

「ま、公事宿巴屋としては、これで青山さまの言いつけは果たしたと……」

彦兵衛が取り繕うように割って入った。

「ああ、ご苦労だったな……」

「で、青山さま、これからどうします」

「ふん、俺よりそっちはどうする」

久蔵が左近に笑顔を向けた。

「如何に公事宿の出入物吟味人の仕事とはいえ、今度の一件で何人もの人間と命の遣り取りをしたんだ。いろんな思いがあるだろう」

左近は久蔵の笑顔を見据えていた。

「……そっちはどうします」

「正直に言ってまだ分からねえが、一つだけはっきりしているのは、錺職の弥七を放免することだけだぜ」

彦兵衛と左近は、意外な面持ちで久蔵を見た。

錺職の弥七こそが、今度の一件を巴屋に運んできた男だった。弥七は、父親の古い借金の始末を彦兵衛に頼んだ後、取り立てる博奕打ちの梅次を拳の一撃で殺し、久蔵に捕えられた。

その錺職の弥七が、目黒白金村で神無月に生まれた女たちの名を記し、裏に観音像が彫られた手鏡を絵に描いた覚書を持っていたのだ。久蔵はその覚書に興味を示し、巴屋の彦兵衛に探索を命じた。

久蔵は弥七を放免する。

「いいのですか、梅次殺しは」

「どうせ、世のためにならねえ半端な博奕打ち殺しだ。錣半兵衛が死んだ今、弥七でもいなきゃあ宇和島藩十万石は、鳥居や柊右京介に手も足も出ねえだろうぜ」

弥七は、拳の一撃で梅次を殺したほどの遣い手だ。

久蔵は宇和島藩の側に立ち、鳥居耀蔵の邪魔をする気なのか。

「ふん、言っておくが、俺は神も仏も信じちゃあいねえ。だから、お天道さまや仏を信じようが、切支丹を信じようが人それぞれ、皆同じってことよ」

「じゃあ、隠れ切支丹を御公儀には……」

「鰯《いわし》の頭も信心からってな。信心なんてものは、他人が口出し出来るもんじゃあねえさ」

「では、鳥居さまと……」

「ふん、相手は目付の鳥居耀蔵。二百石の町方与力風情が、楯突くなんて畏れ多いぜ」

「ならば何故……」

左近が久蔵を見据えた。

「勝負は五分と五分じゃあなきゃあ、面白くもなんともねえからな」

久蔵は、楽しみを見つけた子供のような笑みを浮かべた。

久蔵の笑みに潜むものは何か……。

左近は見定めようとした。

「彦兵衛……」

左近の視線を躱すかのように、久蔵は彦兵衛を声にかけた。

「俺の頼んだ吟味は、これで仕舞いだ」

「では……」

「一件から手を引こうがどうしようが、この手鏡の始末と一緒に好きにしてくれ」

久蔵は手鏡を左近の前に置き、盃を干した。

話はこれまでだ……。

久蔵の肚の内は読めなかった。だが、手鏡を左近に渡した事実は、己の出世栄達に執着していないと思わせるのに充分だった。

左近は盃を干した。

久蔵は楽しげに酒を飲んだ。町奉行所与力とは思えぬ警戒心のなさだ。

左近は手鏡を袱紗に包み、懐の奥に仕舞った。

手鏡の始末と一件から手を引くかどうかは、まだ決めてはいない。だが、手を引くにはもう遅過ぎる。

闘い続け、何らかの決着をつけない限り、左近は手を引く訳にはいかないのだ。

久蔵はそこを見抜いている。そして、彦兵衛相手に気楽に酒を飲んでいる。

油断も隙もない剃刀久蔵……。

左近は思わず苦笑した。


翌日、彦兵衛は町駕籠を従え、北町奉行所に放免される弥七を出迎えに赴いた。

無精髭を伸ばした弥七は、痩せ衰えてかなり窶《やつ》れていた。

「ご苦労でしたね」

「巴屋の旦那……」

「ま、とにかく駕籠にお乗りなさい……」

彦兵衛は、連れて来た町駕籠に弥七を乗せ、巴屋に急いだ。

巴屋では、待っていた医者が弥七の身体を診察した。弥七の身体は、痩せ衰えてはいたが異常はなかった。鍛え抜かれた鋼のような身体は、やはりただの錺職人のものではなかった。

「旦那……」

「弥七さん、話は後だ。久し振りに湯に入り、好きな物でも食べてゆっくり眠るんですよ」

彦兵衛は弥七を労った。

弥七は労りを素直に聞いた。青山久蔵は弥七を放免する時、鎹半兵衛が鳥居暗殺に失敗し、柊右京介の手にかかって死んだことを世間話のように教えた。弥七は黙って聞き、放免の裁きに従った。そして弥七は、今も彦兵衛の言うことに黙って従った。

九つ半（午前一時）、寝静まった公事宿巴屋の裏口から人影が現れた。人影は弥七だった。弥七は辺りの様子を油断なく窺った。そして、夜の闇に不穏な気配がないのを確かめ、鋭く地を蹴って走り出した。

忍び姿の左近と陽炎が、巴屋の屋根の上に現れた。

「左近……」

「眼を離すな」

「心得た」

短く答えた陽炎が、連なる町屋の屋根伝いに弥七を追跡した。

弥七の行き先は、おそらく目黒白金村にある宇和島藩江戸下屋敷だ。

左近と彦兵衛は、弥七が巴屋を忍び出るのを読んでいた。おそらく弥七は、宇和島藩下屋敷で何者かと今後の事を相談する筈だ。

それを確かめるのが、陽炎の役目だった。

左近は、弥七と陽炎が闇に消えるのを見届け、夜空に飛んだ。

鳥居耀蔵の屋敷は、夜の静けさの中に沈んでいた。

左近は闇に潜み、屋敷の様子を窺った。門の閉じられた屋敷内に表立った警備はない。

左近は鋭い殺気を放った。

柊右京介が、屋敷にいるとしたら何らかの反応を必ず見せる。

左近は断続的に殺気を放ち続けた。だが、右京介の反応はなかった。

鳥居屋敷に右京介はいない……。

左近はそう見定め、鳥居屋敷に忍び込んだ。

屋敷内には、宿直《とのい》の家来が僅かに起きているだけで、警戒を厳しくしている気配はなかった。左近は鳥居耀蔵を探した。だが、屋敷内には鳥居の姿もなかった。

鳥居耀蔵は、外桜田にある老中水野忠邦が住む浜松藩上屋敷にいた。

水野忠邦は九州唐津藩主の時、奏者番《そうしゃばん》兼寺社奉行となった。そして、幕府重職就任を願って経済的に不利な浜松藩に所替になり、松平楽翁と死闘を繰り広げた水野忠成の庇護の元、大坂城代や京都所司代に進み、老中になっていた。

「鳥居、それで伊予宇和島藩伊達家に隠れ切支丹がいるとの確かな証拠、手にはいったのか」

「今一歩にございます」

「そうか……」

「宇和島藩伊達家を取り潰し、領国を幕領と致せば、十万石は御公儀の物になり、幕府の財政は潤います」

「そして鳥居、その方はそれを手柄に出世栄達をするか」

「御前の思《おぼ》し召《め》し一つにございます」

「鳥居、宇和島藩を取り潰す前に、余がその生き血を吸い尽くしてくれる」

「取り潰されたくなければ、賄賂を献上致せにございますか……」

「左様、丸裸にしてから取り潰してくれる」

浜松藩水野家は、水野の出世欲のため、莫大な金を使い、財政は窮乏を極めていた。その窮乏は、御用達商人に出入りを断られるほどのものであった。

無能な俗物……。

鳥居耀蔵は、金に執着する水野に不服だった。だが、公儀で出世栄達するには、水野の後ろ盾がなくてはならない。

利用できるものは、何でも利用する……。

鳥居は平伏し、湧き上がる軽蔑を隠した。


公事宿巴屋のある馬喰町を走り出た弥七は、日本橋を駆け抜け、芝口を右に曲がって外堀沿いに西に向かい、溜池から赤坂、青山を走り、一気に広尾川を渡って目黒白金村に入った。

やはり弥七は、伊予宇和島藩江戸下屋敷に行くのだ。

陽炎は、暗がり伝いに弥七を追跡した。

夜の町を疾走する弥七の姿は、既に錺職人の仮面を棄て、獲物を追う獣となっていた。

厳しい武芸の修行をしてきた男だ。

陽炎は悟られぬように気配を消し、弥七の追跡を続けた。

これほどの男が何故、青山久蔵に捕えられたのだ……。

不意に疑問が湧いた。

北町奉行所吟味方与力の青山久蔵は、それほどの遣い手なのだろうか。

それとも弥七は、わざと青山久蔵に捕えられたのだろうか。もし、そうだとしたなら何故だ。

陽炎は不意に湧いた疑問に囚われ、前を走る弥七の姿を見失った。見失ったのではなかった。弥七は、田畑に囲まれた伊予宇和島藩江戸下屋敷に入ったのだ。

今は不意に湧いた疑問に囚われている時ではない。

陽炎は、慎重に宇和島藩下屋敷に忍び込んだ。


宇和島藩下屋敷の奥座敷には、終わる夏の名残《なご》りの熱が僅かに澱んでいた。

「そうか、目黒白金村で神無月に生まれた女と、裏に観音像が彫られた手鏡、漸く見つかったか……」

宇和島藩国家老荻森兵部は、弥七の報せに天を仰いだ。

「公事宿巴屋の出入物吟味人日暮左近なる者が、突き止めたのでしょう」

「その方の狙い通りか……」

「柊右京介を出し抜き、この広い江戸八百八町から一人の女と僅か二寸の手鏡を探し出す。我らにはなかなか難しい事なれば……」

「その方、偶然に出逢った梅次を殺し、与力の青山久蔵に覚書を差し出し、こうなるように仕組んだのか……」

「仕組むなどと……青山久蔵が勝手に面白がり、乗ってくれただけにございます」

弥七の眼差しに笑みは浮かばず、厳しさだけが溢れていた。

「……弥七郎、手鏡は日暮左近が持っているのか」

「おそらく……」

「手鏡に隠されている秘密、露見は致さぬであろうな」

「ご懸念には及びますまい……」

弥七の読みは甘かった。左近は既に手鏡の秘密を知り、彦兵衛や青山久蔵にも伝えている。

「弥七郎、何れにしろ手鏡の始末だ。隠された秘密が露見せぬ前に手鏡を始末しない限り、我が宇和島十万石伊達家の安泰はない」

「いいえ、お家安泰を願うなら、手鏡を手に入れる前にしなければならぬ事がございます……」

「申してみよ」

「裏切り者の柊右京介の始末……」

「右京介……」

「右京介を亡き者にすれば、鳥居耀蔵に手鏡が渡る懸念、まずはございませぬ」

「日暮左近や青山久蔵、手鏡を土産に鳥居に近づく懸念はないのか」

「二人の人柄から見て、御懸念はございますまい」

「……右京介、始末できるか」

「半兵衛殿を始め大勢の探索方が無念の最期を遂げております。死力を尽くして討ち果たします」

錺職の弥七は、親の代から江戸市井《しせい》で錺職を営み、宇和島藩のための探索をする江戸探索方篠宮《しのみや》弥七郎だった。

「弥七郎、柊右京介を殺し、速やかに手鏡を手に入れろ……」

兵部の憎しみに溢れた声が、残暑の澱みの中に放たれて沈んだ。

荻森兵部と弥七が、奥座敷を後にして四半刻が過ぎた。

天井裏に忍んでいた陽炎は、漸く長い隠行を解いた。

三

鎌倉を出た房吉と桔梗が、三里の道を急いで東海道戸塚宿に着いたのは五つ刻（午前八時）だった。

桔梗は達者な足取りだった。

戸塚宿から江戸までは、ざっと十里（約三九キロ）。

夜には、お絹と蔵人がいる浜松町の家に着くだろう。

房吉と桔梗は、黙々と先を急いだ。

前日の夜、鎌倉の峰雲寺に着いた房吉は、住職の慈源と桔梗に土屋蔵人が何者かに斬られたと告げた。

「おのれ日暮左近……」

桔梗は左近に対する怒りを露わにした。

「桔梗……」

慈源は桔梗を窘《たしな》め、房吉に礼を述べ、蔵人の詳しい容態などを尋ねた。

房吉は左近との関わりを伏せ、自分が公事宿巴屋の下代であり、偶然に見つけて助けたと伝えた。

「……そうですか、手鏡は持っていませんでしたか……」

「はい」

その時、薬湯の匂いが漂ってきた。房吉は思わず振り返った。

廊下に青白い顔の女が現れた。

「香織さま……」

桔梗が慌てて香織を座敷に誘い、座らせた。

『駿河台の香織』だ……。

房吉は湧き上がる緊張を隠し、香織の様子を窺った。香織は薬湯の匂いを漂わせ、懸命に息を整えようとしている。かなり重い病のようだ。

「蔵人がどうかしましたか」

「手鏡を奪った曲者に斬られ、こちらの房吉さんに助けていただいたそうにございます」

「それはそれは、礼を申しますぞ、房吉殿」

「いいえ、どうってこと、ありません」

「で、蔵人の命は……」

「は、はい。お医者は今日明日が山だと……」

「そうですか……」

香織は眉を顰め、苦しげに咳き込んだ。

「香織さま、お休み下さい。お身体に障ります」

「桔梗、私の命は神の御心のまま……。それより急ぎ蔵人の元に参り、看病をしてやって下さい」

「ですが、私には香織さまのお世話が……」

「私は慈源殿がいてくれれば大丈夫です。房吉殿と明日の朝、早く……」


日は昇り、九つ刻になった。房吉と桔梗は神奈川《かながわ》、子安、生麦、鶴見を過ぎ、川崎に差しかかっていた。

桔梗の足取りは衰えなかった。それは、蔵人の容態が心配であるだけではなく、厳しい武芸の修行をした証《あかし》だった。

桔梗が蔵人のいる江戸に来る。

果たして左近は、それを読んでいるのだろうか。もし、読んでのことなら、左近は敵が増えるのを覚悟で報せたことになる。

何故だ……。

そして房吉は、香織の漏らした一つの言葉が気になっていた。

「神の御心のまま……」

房吉は、様々な思いを巡らしながら先を急いだ。

右京介は肚を決めていた。

最早、下手に動かず、鉄砲洲波除稲荷に腰を据えて左近の現れるのを待ち、必ず討ち果たすと決めていた。

江戸湊から吹き抜ける風が、波除稲荷の境内に潜む右京介の髪を揺らした。その瞬間、右京介は感じた。

冷たい。

右京介は、吹き抜けた風の中に冷たさを感じた。如何に夏の終わりとはいえ、まだ風が冷たい筈はない。右京介は吹く風に冷たさを探した。だが、幾ら探しても、風の中に冷たさは見つからなかった。

右京介は幼い頃、同じ経験をした覚えがあった。成長すると共に眼が青くなり、父親が怒り狂って母親を斬り殺し、巷《ちまた》に放り出された時、右京介は唐突に冷たい風を感じた。以来、右京介が冷たい風を感じる時、運命は変わった。

また変わるのか……。

右京介は浮かんだ予感を素早く打ち消し、境内から見える巴屋の寮の監視に集中した。

江戸湊に一艘の小舟が現れた。

舳先に嶋の焼印を押した小舟は、ゆっくりと右京介の背後を横切っていった。

小舟は船宿『嶋や』のものであり、操る船頭は平助だった。そして、左近が乗っていた。

鳥居屋敷にいなかった右京介は、鉄砲洲波除稲荷に潜んで巴屋の寮を監視していた。

俺の帰りを待っている……。

左近が睨んだ通りだった。

小舟は南に進み、波除稲荷の境内に潜む右京介の姿は視線の先から消えていった。

「戻りますかい、左近さん」

「いいえ、このまま進み、船松町《ふなまつちょう》の渡し場に着けて下さい」

「合点だ」

平助は威勢良く返事をし、巧みに小舟を操った。

夜、房吉と桔梗は、浜松町の家に着いた。

桔梗はお絹に礼を述べ、蔵人の枕元に急いだ。眠っている蔵人の息は、弱々しいが乱れはなかった。

「蔵人……」

「お医者さまの診立てでは、もう命に心配はないそうですよ」

「そうか、そりゃあ良かった。ねえ、桔梗さん」

「はい。何もかも房吉殿とお内儀さんのお蔭にございます」

桔梗は房吉とお絹に深々と頭を下げた。

房吉とお絹は、蔵人の傍に桔梗を残し、居間に戻った。

「その後、左近さんから何か報せはなかったかい」

「ありませんでしたよ」

「そうか……」

「お前さん、桔梗さま、土屋さまがお好きなようですね」

房吉は驚いた。桔梗が土屋蔵人に惚れている事より、お絹が他人の事に気が廻るほど回復したのに驚いた。

「お絹、お前、そう思うのかい」

「ええ、桔梗さんの土屋さまを見る眼、きっとそうですよ」

お絹は楽しげに微笑み、台所に夜食の仕度に行った。

房吉は座敷の様子を窺った。

眠っている蔵人の傍に座った桔梗は、何かを両手で固く握り締めて祈っていた。

桔梗は何を握り締めているのだ。

房吉は見定めようと眼を凝らした。

桔梗の握り締めているものが、小さくきらりと輝いた。

十字架……。

房吉は思わず声をあげかけ、慌ててその場から逃れた。

御禁制の隠れ切支丹……。

おそらく隠れ切支丹なのは桔梗だけではなく、土屋蔵人や鎌倉にいた『駿河台の香織』もそうなのだ。

全ては、御禁制の隠れ切支丹から始まっているのか……。

房吉は呆然と立ち竦《すく》んだ。

五つ刻、左近と陽炎は、鬼子母神裏の百姓家で落ち合った。

弥七は柊右京介を殺して手鏡の秘密の露見を防ぎ、伊予国宇和島藩伊達家を守ろうとしている。

陽炎は左近にそう報告した。

「陽炎、弥七が相談した相手は何者だ」

「国家老の荻森兵部」

「荻森兵部……」

「うむ、今度の件を始末するため、伊予宇和島から隠密裏に出府したようだ」

「そうか……」

「左近、宇和島藩伊達家の誰が隠れ切支丹なのだ」

「手鏡から見ておそらく身分の高い女だと思う……」

「ならば奥方か姫……」

「かも知れぬが、ひょっとしたら二百年も大昔の事かも……」

「大昔……」

左近は、青山久蔵の教えてくれた原主水の切支丹騒動を思い出した。宇和島伊達家にいた隠れ切支丹は、原主水の切支丹騒動に関わりがあったのかもしれない。たとえ東照神君家康の頃の大昔の事であっても、宇和島藩伊達家の家紋入りの切支丹仏像が公儀に渡ったら無事には済まないのは明らかだ。

宇和島藩国家老の荻森兵部は、それを恐れて極秘裏に江戸に来たのだ。

「それより陽炎、弥七は右京介の居場所を知っているのか」

「知らないと思うが……」

「そうか……」

弥七はどうやって右京介を探すのだろう。

左近は弥七の立場で考えを巡らせた。一人の男が浮かんだ。

鳥居耀蔵だった……。

弥七は鳥居耀蔵を襲い、右京介を引っ張り出す。

手立てはそれ以外にない……。

左近はそう睨んだ。

土屋蔵人の肩の傷は漸く塞がった。

「そいつは良かった。なあ、お絹」

「ええ、みんな桔梗さまの看病がよろしかったからですよ」

「違えねえ……」

房吉とお絹は、蒲団に起き上がった蔵人と付き添う桔梗に笑顔を向けた。

「いいや、何と申しても房吉殿とお絹さんのお蔭、この通りです」

蔵人は房吉とお絹に深々と頭を下げた。

「ところで房吉殿、日が暮れたら駕籠を呼んではくれぬか」

「お安い御用ですが、駕籠でどちらに……」

「駿河台の屋敷に戻る」

「駿河台のお屋敷、と仰いますと土屋さまは御直参……」

「左様、旗本だ」

お絹が驚き、房吉は驚いたふりをした。

「土屋さま、あっしには良く分からないのですが、お旗本の貴方さまが何故、斬り合いなどされたのですか」

「房吉殿、そればかりはお許し下さい」

「いいや、桔梗。房吉殿とお絹さんは、斬り合いをした私を役人にも届けず、助けてくれた命の恩人。差し支えのない範囲で教えるべきであろう」

「はい……」

「房吉殿、お絹さん、これから話すことは、他言無用に願いたい」

「はい。心得ております」

「その昔、我が土屋家の祖先は、御公儀法度を破り、御禁制の教えを信じ、土屋家代々の秘伝としたのだ」

秘伝は切支丹の教えなのだ。

「だが祖父が当主の時、公儀に疑われるところとなってな。祖父は素早く証拠の品を目黒白金村に隠し、辛うじて難を逃れた。そして、減らされた家禄を嫡男に継がせ、子供だった次男を連れて出家し、やがて目黒白金村でひっそりと隠れ暮らしていた教えの師の末裔《まつえい》を招いたのだが……」

教えの師の末裔とは、鎌倉峰雲寺にいる香織なのだ。

「先日、曲者が師のお命ともいえる物を奪い取ってな」

裏に観音像の彫られた手鏡……。

「私が追い、斬り合いになったのだ」

「左様にございましたか。お家の大事をうかがったご無礼、どうかお許し下さい」

房吉とお絹は頭を下げた。

「いやいや、詫びるには及ばぬ。ところで房吉殿、何故に私の事、鎌倉の峰雲寺に報せたのかな」

蔵人の房吉を見る眼が、初めて鋭く光った。

房吉は微かに動揺した。お絹が房吉を窺った。

蔵人は静かに房吉を見詰め、返事を待った。

お絹の顔に不安が浮かんだ。房吉は意を決した。

「それは、土屋さまが……」

「私が……」

「はい。土屋さまが譫言《うわごと》で、鎌倉の峰雲寺に報せてくれと……」

「譫言……」

「はい。なあ、お絹……」

「は、はい」

お絹が慌てて頷いた。

「そうか、譫言か……いや、良く分かった」

蔵人は納得した。同時に房吉の全身から緊張が消え、冷や汗が滲んだ。

裏神保小路の土屋の屋敷は、ひっそりと静まり返っていた。

房吉は町駕籠に乗せた蔵人と桔梗を送り届け、礼の言葉に見送られて馬喰町の巴屋に急いだ。

「房吉殿は帰ったか」

蒲団に横になった蔵人が、入ってきた桔梗に尋ねた。

「はい……」

「桔梗、明日、馬喰町に赴き、巴屋に日暮左近が出入りしているかどうか、調べてくれ」

「巴屋と申しますと、房吉さんの奉公している公事宿……」

「左様……」

「では、房吉殿は……」

「私を助けたのは、おそらく日暮左近と関わりがあっての事……」

「証拠は……」

「鎌倉に行ったのが、何よりの証拠……」

「ですが、それは蔵人が譫言で……」

「桔梗、私は譫言など申さぬ」

蔵人に迷いや躊躇《ためら》いはなかった。

「では、左近は己が斬った蔵人を助け、房吉殿の家に運んだと申すか」

「左様……」

「何故だ」

「分からぬ……」

嘘偽りなく、左近がどうして助けてくれたのか、蔵人には分からなかった。だが、左近が助けてくれたのは間違いない。蔵人はそう思っていた。

「では何故、房吉殿に問い質《ただ》さなかった」

「房吉殿とお絹さんの看病には、企みも偽りもなかった」

蔵人は疲れたように眼を瞑った。

馬喰町の公事宿巴屋……。

桔梗は蔵人の睨みを信じた。

下城する鳥居耀蔵を襲撃する。

弥七は策を練った。鳥居を屋敷近くで襲撃し、失敗に終わる。襲撃された鳥居は、屋敷に駆け込む。そして、鳥居が襲撃されたと知った柊右京介が駆けつけてくる。その時、右京介の命を取る。それが、弥七の企てた策だった。

右京介は相変わらず鉄砲洲波除稲荷裏の巴屋の寮を見張り、左近の現れるのを待っていた。

果たして弥七は、右京介を倒せるのだろうか……。

左近は弥七の動きを見守った。

弥七が幽霊坂を上がったところにある江原源三郎の屋敷の屋根に潜んだ。江原の屋敷の斜め向かいに鳥居の屋敷があり、屋根の上からもちの木坂が見通せた。

読みは当たった。

弥七は右京介を誘うために鳥居を襲う……。

下城した鳥居耀蔵の駕籠が、雉子橋通小川町を来た。鳥居の行列は、三人の若《わか》党《とう》を先頭に草履取りが続き、鳥居の乗った駕籠の左右に家来の侍が二人ずつの四人、最後尾に槍持と挟箱《はさみばこ》持の中間《ちゆうげん》がそれぞれ二人ずつついていた。

行列が左に曲がり、堀留に架かるこおろぎ橋を渡ってもちの木坂に差しかかった時、正面から唸りをあげて飛来した矢が、先頭を来た若党の胸を射抜いた。

駕籠舁《かき》たちが悲鳴をあげ、侍たちが怒声を飛ばした。

二の矢が飛来し、鳥居の乗った駕籠の屋根に深々と突き刺さった。

「何事だ」

駕籠の中から鳥居が怒鳴った。

「殿を早くお屋敷に、急げ」

供頭が必死の形相で叫んだ。

鳥居を乗せた駕籠が、若党と中間たちに囲まれてもちの木坂を駆け上った。だが、それは飛来する矢に向かって進むことだった。

駕籠に二本目の矢が突き立ち、供侍の一人が肩を射られ、弾かれたように倒れた。

屋根の上に潜んだ弥七は、坂を駆け上ってくる駕籠に矢継ぎ早に矢を放った。もちの木坂を上がり切った駕籠は、右手に曲がって二合半坂を走り、鳥居屋敷に逃げ込んだ。

手は打った……。

弥七は江原屋敷の屋根を走り、通りを隔てた飯田町《いいだまち》の路地裏に飛び降りた。飯田町は、駿河台の武家屋敷街にある町家の並ぶ一角であった。弥七は飯田町田安稲荷の境内に身を潜めた。

後は柊右京介が、駆けつけてくるのを迎え撃つばかりだ。

弥七は身を潜めて待った。

激怒した鳥居は屋敷の警備を厳重にし、右京介に使いを走らせた。

全ては、弥七の思惑通りに運んでいる。

左近は事の成り行きを見守った。


日暮左近の仕業……。

弥七が放免されたのを知らない右京介には、錣半兵衛を始末した今、大胆にも昼日中に鳥居を襲撃する者は左近しか考えられなかった。

右京介は鳥居屋敷に急いだ。


夕暮れ時、右京介は配下に命じ、鳥居屋敷一帯に結界を張らせた。一帯に異様な緊張感が漲《みなぎ》った。

弥七はどう動くのか……。

左近は田安稲荷に潜んだ弥七を見守った。

夜、弥七は田安稲荷の屋根に上がり、弓の弦《つる》を引き絞り、鳥居屋敷に向かって矢を放った。矢は町家の家並みを飛び越え、鳥居屋敷の庭に焚かれていた篝火《かがりび》に当たり、炎を揺らして火の粉を舞い上げた。

弥七の恐るべき技と力だった。

右京介は、矢の飛ばされた処の割り出しを急いだ。

結界の外の町家の南……。

田安稲荷。

右京介は配下の者たちを警備に残し、夜の闇を田安稲荷に急いだ。

田安稲荷は闇に包まれ、ひっそりと静まっていた。

右京介は闇を透かし、境内を窺った。

青い眼が、青さを増して光った。奥に人影が浮かんだ。

右京介の青い眼が瞬いた。

左近ではない……。

右京介は僅かに動揺した。

次の瞬間、人影が夜空に飛び、右京介に襲いかかってきた。

鋭い蹴りが、右京介の頰を掠めた。

一瞬、鋭い痛みが走った。

着地した人影が振り向いた。黒装束に鋼の手甲《てっこう》に脛《すね》当て、革足袋を履いた弥七だった。

「柊右京介、思い通りにはさせぬ。裏切り者の末路、思い知らせてやる」

「篠宮弥七郎……」

「黙れ」

右京介が横薙ぎに斬りつけた。

弥七は左腕の鋼の籠手《こて》で刀を受け止め、右手の拳を素早く放った。鋼の手甲で守られた拳が、唸りをあげて右京介の顔面に迫った。

右京介は素早く躱した。弥七の拳が、右京介の肩を掠めて着物を引き裂いた。右京介が僅かに退いた。弥七は右京介の懐に飛び込み、刀を握る腕を抱えた。右京介の刀が封じられた。弥七の鋼の手甲に守られた拳が、唸りをあげて右京介の顔面を襲った。

躱す間はなかった。

右京介の頰は、激しい衝撃に震えた。赤い血が飛び、青い眼の色が濃くなった。

鋼で武装した弥七の拳は、容赦なく右京介に襲いかかった。

虚しく死んでいった錣半兵衛や仲間たちを成仏させ、伊予宇和島藩を守るには、右京介に必殺の一撃を与えなければならない。弥七は猛然と攻撃を続けた。

右京介は大きく飛び退いた。

離れてはならない。

離れた時、右京介の刀は息を吹き返し、自在な動きを取り戻す。

続いて弥七も間隔を空けず、右京介を追って飛んだ。

右京介の青い眼が、追って飛んでくる弥七に輝きを放った。

弥七は眼が眩《くら》んだ。青い輝きに包まれるのが分かった。咄嗟に革足袋に包まれた足で蹴りを放った。刹那、右京介の刀が青い輝きとなった。

弥七の蹴りを放った脚に激痛が走り、身体の均衡が崩れた。次の瞬間、弥七は地面に叩きつけられた。

蹴りを放った右脚の太股から血が流れていた。弥七の蹴りが届く寸前、右京介が刀を突き出したのだった。刀は辛うじて右京介と弥七の間に入った。

一瞬の間だった。一瞬の間は、右京介に味方したのだ。

右京介の青い眼が笑った。氷のように冷たい笑いだった。そして、切っ先から血の滴る刀をゆっくり構えた。

弥七はよろめきながら懸命に立ち上がった。生温かい血が、太股の抉《えぐ》られた傷から流れ、右脚を伝った。

最早、右脚に痛みはなかった。そして、地面に立っている感覚もなかった。

右京介の刀が唸りをあげた。切っ先についていた血が、霧となって飛び散った。飛んで躱せ。

弥七は心の内で叫んだ。だが、身体は叫びとは反対に地面に崩れ落ちた。

右京介の刀が、弥七の右肩の肉を斬り裂き、骨を砕いた。

「これまでだな……」

右京介が嬉しげに囁き、倒れている弥七の上に刀の切っ先を向けた。血が刀身を伝い流れ、弥七の顔に滴り落ちた。

刹那、鋭い殺気が右京介を襲った。

右京介はその場から大きく飛び退き、地面に這うが如きに身構え、青い眼で殺気の放たれた闇を見つめた。

いきなり人影が現れ、眼の前の闇を遮った。右京介は思わず怯んだ。

日暮左近だった。

右京介は素早く体勢を整え、左近と対峙した。

左近の背後の闇の中では、右の脚と肩を斬られた弥七が血に塗れ、必死に逃れようとしていた。

猶予はならぬ……。

左近は無明刀を右肩に乗せるように構え、右京介に向かって音もなく走った。

右京介は、弓に番《つが》えた矢の如く刀を構えた。

見切りを隠す左近に対し、右京介は必殺の突きで応じようとした。

一瞬の速さが勝負だ。

右京介の青い眼が輝きを増した。

左近が眼前に迫った。

右京介の青い眼の輝きが、左近の顔に届いた。次の瞬間、右京介の刀が光となって左近に放たれた。

刹那、左近は地を蹴り、夜空に大きく飛んだ。右京介の刀が空を貫いた。左近の無明刀が、唸りをあげて瞬いた。

右京介は本能的に伏せた。焦げ臭い匂いが、熱気と共に津波のように押し寄せた。右京介は振り向き様に刀を横薙ぎに払った。刀は闇を斬っただけだった。

闇に左近の姿はなかった。姿どころか気配すらなかった。そして、深手を負った弥七も消えていた。

田安稲荷の境内に湧き上がる静寂は、ゆっくりと右京介を包み込んでいった。

左近は気を失っている弥七を担ぎ、牛込御門に走っていた。神田川に架かる牛込御門傍の船着場には、陽炎が猪牙舟を用意して待っていた。陽炎は、左近が弥七を乗せると同時に猪牙舟を漕ぎ出した。

「助かるか」

「分からぬ……」

左近は弥七の傷の血止めを急いだ。

陽炎の操る猪牙舟は、船河原橋《ふながわら》を潜って江戸川に入った。

四

弥七が鬼子母神裏の百姓家で意識を取り戻したのは、翌日の夜だった。

「良かった……」

陽炎が顔を綻《ほころ》ばせた。だが、左近は黙って首を横に振った。

「左近……」

弥七の右肩は、皮と肉を断ち斬られ、骨を粉々に砕かれていた。意識が戻っても助かる保証はなく、顔には僅かだが死相も滲み始めている。意識が戻ったのは、燃え尽きる寸前の炎が見せる最期の輝きなのかもしれない。

「弥七……」

左近の囁きに、弥七は微かに眼を開けた。

「篠宮弥七郎……」

「お主は……」

「日暮左近だ」

弥七は眼を大きく見開いた。

「お主が日暮左近か……」

左近は頷き、裏に観音像の彫られた手鏡を見せた。弥七の顔に無念さが浮かんだ。

「伊予宇和島藩伊達家の家紋宇和島笹の光背に囲まれた観音像、そして灯りに透かすと浮かび上がる切支丹の十字架。お主の探していた手鏡に相違なかろう」

「真里絵《まりえ》さまの手鏡……」

「真里絵さまとは誰だ……」

「左近、原主水の一件を知っているか」

「知っている……」

慶長十七年、徳川幕府を開いた家康は、切支丹禁止令を発布した。そして、駿《すん》府《ぷ》城にいた近臣の原主水や奥女中の大田《おおた》ジュリアなど五人の切支丹を追放・流罪の刑に処した。

原主水は額に十字の烙印を押され、手の指、足の筋を切られて追放された。だが、原主水は切支丹信仰を棄てず、江戸に潜入してイエズス会の神父エロニモ・アンゼリスなどの布教活動を助けた。

元和九年、三代将軍家光は、江戸の隠れ切支丹に大弾圧を加え、原主水や神父たちは捕えられた。

同年十月、原主水たちは五十人の隠れ切支丹の信者たちと品川の刑場で焼き殺された。主水と神父たちは、獄舎から刑場で処刑されるまで、神の福音を伝え続けて見守る人々に感動を与えた。

弥七の言った『真里絵さま』は、二百年も昔の原主水たち隠れ切支丹弾圧事件に関わりがある。つまり、『真里絵さま』と呼ばれる女は、原主水の布教によって切支丹になったのだ。

「真里絵さまと伊予宇和島藩伊達家とは、どのような関わりがあるのだ」

「真里絵さまは、藩祖伊達秀宗《ひでむね》公御寵愛の御側室……」

真里絵は伊達秀宗も許した切支丹だった。

公儀に知れれば、伊予宇和島藩伊達家は窮地に追い込まれる。恐れた秀宗は、真里絵に宇和島笹の光背の観音像を彫った手鏡を与え、目黒白金村に隠れ住まわせたのだ。時が過ぎ、真里絵は隠れ切支丹として生涯を終えた。

その後、手鏡は真里絵の末裔に受け継がれ、切支丹信仰の対象となった。以来、二百年の歳月が流れた。真里絵の末裔と手鏡の行方は不明となり、伊予宇和島藩伊達家の一部の者だけに言い伝えられる秘事となった。

伊予宇和島藩江戸探索方・柊右京介が、その秘事を知った。右京介自身、母方に阿蘭陀人の血が流れており、その関わりで隠れ切支丹の歴史を知り、藩の秘事を嗅ぎつけたのだ。

裏に観音像の彫られた手鏡は、宇和島藩伊達家一族に隠れ切支丹がいた証《あかし》となる。

たとえそれが二百年前の事であろうが、公儀にとっては格好の獲物なのだ。

幼い頃から青い眼を蔑《さげす》まれ、虐《いじ》められてきた右京介は、宇和島藩と家臣たちに積もり積もった恨みを晴らす時の来たのを知った。

右京介は宇和島藩の秘事を公儀目付鳥居耀蔵に売り、復讐を開始したのだ。いち早く感づいた宇和島藩国家老荻森兵部と江戸探索方頭綴半兵衛は、右京介と鳥居に確かな証拠となる、裏に観音像が彫られた手鏡を渡すまいと篠宮弥七郎こと錺職の弥七に探索を命じた。

手鏡を持っているのは、真里絵さまの血を引く女。そして女は、名前は分からぬが、目黒白金村で神無月に生まれている。

探す手掛かりはそれだけだった。

弥七の探索を知った右京介は、もぐり公事師の梅次を使って動きを封じようとしたのだ。

一件は公事宿巴屋彦兵衛に伝えられ、やがて日暮左近に委ねられた。

「後はお主の方が知っている……」

弥七は息を鳴らし、苦しげに咳き込んだ。まるで、話が終わるのを待ち兼ねたように呟き込んだ。

「で、その手鏡、どうする」

「どうしてほしい……」

「叶うものなら、焼き棄てていただきたい……」

「容易な事だが、この手鏡を守り抜いてきた女がいる……」

「……真里絵さまの末裔か」

「目黒白金村で神無月に生まれた女、土屋香織だ」

「駿河台の香織か……」

「左様……。弥七、何れにしろ手鏡は右京介や鳥居に渡しはしない」

「日暮左近、お主を信じよう……」

弥七の苦笑の浮かんだ眼が、燃え尽きる炎のように閉じられた。

陽炎が慌てて弥七の息を確かめた。

弥七の息は消えていた。

「左近……」

左近は弥七の枕元に手鏡を置いた。

手鏡は背後からの灯りを受け、十字架を浮かび上がらせた。

翌日、左近は正面から公事宿巴屋を訪れた。

「そうですか、弥七さん、右京介の手にかかって亡くなりましたか」

「ええ。それで房吉さん、土屋蔵人はどうしました」

「鎌倉から来た桔梗さんと、駿河台のお屋敷に戻りましたよ」

「そうですか……」

「で、左近さん、これからどうします」

「彦兵衛さん、どうしたら良いと思います」

「左近さんの思いのままに……」

「房吉さんは……」

「あっしは難しい事は分かりませんが、正直に言えば、手鏡は持ち主の香織さま、いや土屋さまに返してやりてえものです」

「何故です」

「左近さん、土屋の旦那は、おそらく左近さんとあっしが通じているのを御存知の筈。それなのに知らぬふりをした。そいつは、あっしとお絹をこれ以上、面倒に巻き込みたくねえからと……」

「きっと房吉さんの読みの通りでしょう」

「じゃあ……」

「房吉さん、公儀が土屋家に隠れ切支丹の疑いをかけた時、蔵人の祖父は証拠となる物を目黒白金村に隠したのですね」

「ええ、土屋の旦那がそう……」

「では、それを探してみましょう」

「左近さん……」

「何事も全てが明らかになってからです」

左近は房吉を促した。

目黒白金村……。

深川のお美代、四ッ谷のお静、板橋のお福、駿河台の香織。左近は四人の女が生まれた土地を初めて訪れた。

左近と房吉は、金杉橋《かなすぎ》を渡って東海道を進み、高輪の大木戸の手前の辻を右に曲がり、突き当たった細川越中守の中屋敷沿いに白金一丁目の通りに入った。

通りは一丁目から十一丁目と続き、六軒茶屋町になる。通りの左右には、大名の下屋敷と畑が並び、伊予宇和島藩伊達家の下屋敷もあった。

通りはやがて権之助坂と行人坂に分かれる辻に出る。

権之助坂を下れば大鳥神社、金毘羅《こんぴら》大権現がある。行人坂を進めば火事で焼けた大圓寺《だいえんじ》の址や明王院、そして目黒川に架かる太鼓橋を渡ると目黒不動尊に出る。

この一帯の何処かに、土屋家が隠れ切支丹だという証拠の品が隠されている。

六軒茶屋町の茶屋は、参拝客で賑わっていた。左近はその一軒に房吉を誘った。

「それにしても左近さん、何を探せば良いんですかね」

「さあ、どうしますか……」

左近が頼りなげな返事をして茶を啜った時、若い女が左近の後ろの腰かけに座った。

「柊右京介が……」

女が囁いた。

房吉が慌てて女の顔を見た。陽炎だった。

「それから武家の女が、巴屋からつけて来ている」

「分かった」

短く返事をした左近が、房吉を促して茶店を出た。

房吉は、左近が正面から巴屋に現れた理由に漸く気づいた。

右京介を誘い出し、決着をつける……。

それが、左近が正面から巴屋に現れた理由だった。だが、後をつけてきたのは、右京介だけではなく武家の女もいた。

一体、何者なのか……。

左近と房吉は行人坂を下った。行人坂とは、坂の途中にある大圓寺を出羽湯殿《ゆどの》山《さん》の行者が開いたので、そう呼ばれるようになった。そして大圓寺は、明和九年に千住《せんじゅ》大橋までの六百二十八町を焼失し、死者四百人以上になった江戸大火の火元であった。以来、大圓寺の再建は未だ許されず、境内址には五百羅漢が並んでいた。

目黒川に架かる太鼓橋に差しかかった時、房吉が小さな声をあげた。

柊右京介がいた。

右京介は太鼓橋の袂に佇んでいた。

「房吉さん、此処で待っていて下さい」

「左近さん……」

「右京介と決着をつける潮時です。それにこうなるのは、此処に来た狙いの一つです」

左近は微笑みを見せた。

房吉は、左近の微笑みに不退転の覚悟を見た。

「分かりました」

「じゃあ……」

左近は微笑みを消し、右京介に厳しい眼差しを向けた。

右京介は誘うように太鼓橋を渡り、目黒川沿いの小道に入って行った。

左近が続いた。

房吉は浮かぶ生欠伸《なまあくび》を嚙み殺し、首を左右に動かして見送った。生欠伸と首を動かす動作は、緊張した時に無意識に出る癖だった。

次の瞬間、白粉《おしろい》の香りが、房吉の鼻先を過ぎった。武家の女が房吉を追い抜き、白粉の香りを残して太鼓橋を渡って行ったのだ。

お絹の白粉とは違う香り……。

場違いな思いが過ぎった。

だが、覚えのある香りでもあった。そして房吉は、陽炎の言葉を思い出した。

目黒川沿いの雑木林には、蟬時雨《せみしぐれ》が降り注いでいた。

川の流れの向こう側には、細川越中守と柳生対馬守の下屋敷が並び、人の気配はなかった。

左近と右京介は、雑木林の中で対峙した。

雑木林を棲家にしている小鳥や虫たちは、一斉に息を潜めた。

「宇和島笹を彫った手鏡、渡して貰おう」

「鳥居耀蔵に幾らで売る」

「幼い頃からの屈辱を晴らせれば、金など幾らでも良い……」

右京介の青い眼が微かに光った。子供の頃に青い眼が光るのは、悲しい時だけだったかもしれない。

右京介の無残な過去が僅かに覗いた。

無残な過去でも、ないよりは良いのかもしれない……。

記憶を失っている左近には、子供の頃の思い出は何もない。

「手鏡を渡せ」

右京介が殺気を放った。

左近は首を横に振った。

「ならば斬る……」

右京介が刀を抜いた。

左近は自然体に構えた。

勝負は一瞬で決まる……。

左近は、無造作に無明刀を抜き払った。

右京介の青い眼が、殺気を放ちながら輝きを増した。何人もの者が、青い眼の輝きに惑わされて斬り殺されている。

青い眼の輝きは、左近の周囲に次第に広がり、限りない空間を飲み込もうとしていた。

青い輝きに気を奪われてはならない……。

左近は眼を瞑り、無明刀を頭上に直立させて大きく構えた。

天衣無縫の構えだ。

全身を曝《さら》け出した無防備な構えだった。

右京介は青い眼を輝かせ、刀を八双に構えて左近に向かって地を蹴った。

頭上に構えた無明刀の切っ先が、木漏れ日に煌めいて左近は巨大な刀と化した。

右京介は殺気を放って突進を続けた。

風が巻き、木の葉が揺れた。

左近は眼を閉じたまま、右京介が見切りの内に踏み込むのを待った。

剣は瞬速……。

左近は頬に冷たい風を感じた。

無明斬刃……。

左近の無明刀が、真っ向から斬り下ろされた。

右京介の刀が閃いた。

光芒が交錯した。

全ての音が遮断され、時が止まった。

左近の着物の胸元が斬り裂かれ、懐から裏に観音像の彫られた手鏡が落ち、雑草の上で小さく弾んだ。

右京介は青い眼に嬉しげな笑みを浮かべ、雑草に落ちた手鏡に手を差し伸べた。

その嬉しげな笑みを、額から流れた赤い血が左右に両断した。

小鳥や虫が堰を切ったように鳴き出し、止まっていた時が動き始めた。

右京介の青い眼が瞬間的に輝き、手鏡を拾おうとした体勢のまま雑草の上にゆっくりと崩れ落ちた。

右京介の差し伸べた手は、手鏡に届かないまま止まった。

天衣無縫の構えから放たれる無明斬刃は、己を棄て切った時に訪れる無の状態での本能的な瞬きだった。

揺れる木洩れ日が、右京介の死体と手鏡を照らし、煌めいた。

左近は手鏡を拾い上げた。手鏡は眩しく輝いた。

「左近さん」

駆け寄ってきた房吉が、倒れている右京介に眉を顰めた。

「やりましたね。怪我、ありませんか」

「ええ、恐ろしい剣の遣い手でした」

「そんなに……」

「私の刀が僅かに速かった」

「そうでしたか……」

房吉がちらりと背後を気にした。

「……どうしました」

「陽炎さんが言っていた武家の女がいましたよ」

「誰でした」

「桔梗さまでした」

ない。

桔梗……。

左近は、右京介との闘いを見守る人の気配を感じていた。気配は、勝負が決まると同時に消えた。気配の主は桔梗なのだ。武芸に秀でた桔梗なら出来ぬことはない。

左近は納得した。

小鳥や虫の囀りに混じって口笛が鳴った。

口笛は長く短く、低く高く鳴り続いて消えた。

「房吉さん、桔梗は大圓寺址に向かっているそうです」

口笛は陽炎からの報せだった。

左近は手鏡を懐に仕舞い、右京介を一瞥した。右京介の青い眼は、いつの間にか黒く変わっていた。

右京介の眼の青さは、恨みと憎しみ、悔しさと哀しさが染めた色だったのだ。

左近はそう信じた。

焼け落ちた大圓寺の跡地の奥、行人坂に接する崖には五百羅漢が並んでいた。

五百羅漢は、大火で死んだ被害者の霊を弔うため、篤志家が作ったと伝えられている。

風雨に晒された五百羅漢は、嘆きと笑いを入れ替え、怒りと優しさを混ぜ、その表情を複雑なものにしている。

五百羅漢の一つに桔梗が跪《ひざまず》いていた。

桔梗は胸に下げた十字架を握り、羅漢の一つに祈りを捧げていた。

日暮左近から手鏡を取り戻すのは、不可能だ……。

桔梗は祈るしかなかった。

「マリアさま……」

幼子を抱く慈母観音の羅漢に祈るしかなかった。

「その羅漢が、土屋一族が隠した切支丹の証拠か……」

背後に左近と房吉がいた。

桔梗は、慈母観音を見詰めたまま頷いた。

慈母観音が抱く幼子の掌には、小さな十字架が刻み込まれていた。

隠れ切支丹……。

土屋家が公儀の追及を受け、五百羅漢の中に隠した切支丹の証拠なのだ。

「鎌倉にいる香織殿は、伊予宇和島藩伊達秀宗公の側室真里絵さまの末裔か……」

左近は知っている……。

最早、隠しても無駄だ。

桔梗は意を決した。

「左様、私の祖父と父の慈源が、幼かった香織さまを土屋家に引き取り、鎌倉にお連れしたのです」

「桔梗さま、騙して申し訳ございません」

「房吉殿、騙したのは蔵人と私の方です。お許し下さい」

桔梗には、殺気も憎しみもなかった。あるものは、神の教えを信じる敬虔《けいけん》な信者の姿だけだった。

「我ら公事宿巴屋の仕事は終わった」

左近は懐から手鏡を出し、慈母観音の前に置いた。

桔梗が息を呑んで見詰めた。

「左近さん……」

「房吉さん、出入物吟味人の仕事が終われば、最早この手鏡は無用。本来の持ち主に返すべきでしょう」

「ええ、あっしもそいつがいいと思います」

桔梗の顔に歓喜と感謝が溢れた。

「桔梗殿、一つだけ忠告しておきます。此度の一件、老中水野忠邦と目付の鳥居耀蔵が伊予宇和島藩の取り潰しを企てての事。油断は禁物……」

「水野忠邦と鳥居耀蔵……」

左近は踵《きびす》を返した。

房吉が続いた。

「忝《かたじけの》うございます……」

桔梗は手鏡を握り締め、立ち去る左近と房吉に深々と頭を下げた。

五百羅漢は、様々な思いを顔に浮かべて並んでいた。


行人坂をあがると陽炎がいた。

「左近、終わったな。秩父に行こう。お館さまが待ち兼ねている」

秩父忍びの総帥秩父幻斎は、病の床に就いて左近の帰りを待っている。だが、記憶を失っている左近には、秩父忍びや幻斎に懐かしさや愛おしさは感じはしない。

だが、行かなければならぬ……。

失った記憶が囁いた。

左近は失った記憶の囁きにより、秩父行きを決めていた。

「陽炎、出立は明日の夜明け……」

「本当か」

「寅《とら》の刻七つ（午前四時）、鬼子母神裏から……」

「分かった。必ずだぞ」

陽炎の声が弾んだ。

「約束する」

「左近さん、何かするんですかい」

「後始末です……」

左近は足早に白金の通りを進んだ。

夕陽は左近の背中を赤く染め、蜩に己の命の尽きる時が迫っているのを教え、激しく鳴かせた。

九つ刻（深夜零時）、鳥居屋敷は静寂に包まれていた。

大屋根の上に黒い人影が浮かんだ。忍び装束に身を固めた左近だった。次の瞬間、左近の姿が消えた。

鳥居の屋敷内は外見とは違い、家来たちの警戒が厳しかった。

書院に現れた左近は、見廻りの家来たちをやり過ごし、鳥居の寝間に侵入した。

鳥居は絹の薄物に包まれて寝ていた。

左近が暗がりに滲むように浮かび、鳥居の寝息を窺った。寝息は整い、鳥居は確かに眠っていた。左近は鳥居の顔を跨《また》ぎ、無明刀を抜き払った。無明刀の放つ輝きが、鳥居の顔を薄く照らした。

野心に満ちた鳥居は、髪を黒々と光らせ満面に脂を浮かべて眠っている。

左近は無明刀をゆっくり動かし、鳥居の鼻先に切っ先を突きつけた。

鳥居が眼を覚まし、無明刀の切っ先に気づいて思わず起き上がろうとした。だが、起き上がれば顔に無明刀が突き刺さる。

鳥居は辛うじて思い止まった。

「……何者だ」

鳥居は嘲りを浮かべ、見下すように言い放った。

左近は無明刀を僅かに動かし、無言で突き下ろした。

鳥居の頬に冷気が走り、むず痒さが湧き、生温かさが糸となって流れた。

鳥居の眼から嘲りが消え、恐怖が浮かんだ。

左近は無明刀を瞬かせた。矢のような煌めきが、鳥居の顔を取り囲み、髪の毛を削ぎ落とした。

鳥居の顔が引き攣り、その色を大きく変えていった。

右京介……。

鳥居は、声にならない声で助けを求めた。

左近の覆面に包まれた眼が小さく笑った。

柊右京介は斬られた……。

鳥居は、右京介の死を知った。

無明刀の矢のような煌めきは続いた。既に鳥居の緊張の糸は切れていた。焦点の定まらぬ眼を無明刀の煌めきに向け、口からは涎《よだれ》を流し、股の下の蒲団を濡らしていた。

半刻後、鳥居耀蔵は身体を丸く縮め、幼子のように泣きじゃくっていた。髷《まげ》と髪を斬り削がれ、恐怖と屈辱の泥沼にのたうちまわって泣くしかなかった。

既に左近の姿は消えていた。

七つ刻。

鬼子母神裏の百姓家には、左近と陽炎の他に彦兵衛と房吉がいた。

「左近、刻限だ」

「うむ……」

「で、左近さん、伊予宇和島藩はどうしますか……」

「国家老の荻森兵部に弥七さんの遺品を届けてやれば良いでしょう」

「手鏡の件、伝えますか」

「鳥居耀蔵はいつか必ず蘇ります。油断しないように黙っていた方が良いでしょう」

「なるほど、分かりました」

「左近さん、気をつけて……」

「はい。では……」

左近と陽炎は、夜明けの雑木林を抜け、鬼子母神の境内を出立した。

彦兵衛と房吉は黙って見送った。

左近と陽炎の姿は、夜明けの風景にすぐに溶け込んで消えた。

「旦那、左近さん、帰って来ますかね」

「さあな……」

彦兵衛と房吉は、いい知れぬ不安を感じていた。

もう逢えないかも知れぬ……。

彦兵衛は、おりんの泣き顔を思い浮かべた。

男運の悪い女だ……。

彦兵衛は密かに嘆いた。

鬼子母神の大公孫樹が、夜明けの薄暗さに葉音を響かせた。


陽炎と共に先を急ぐ左近の脳裏に、女たちの顔が浮かんでは消えた。

愛に目覚めて殺された深川のお美代。

色欲に溺れていった四ッ谷のお静。

我が身を棄てて思いを貫いたお福。

宿命に死のうとしている駿河台の香織。

そして、信仰に生きる桔梗。

女たちの愛染《あいぜん》に満ちた顔が、浮かんでは消え去っていった。

左近は急いだ。

浮かび上がる女たちの顔を棄てながら、初秋の風が吹く秩父に急いだ。

エピローグ

青山久蔵が巴屋を訪れたのは、左近が秩父に発って二日後だった。

彦兵衛は船宿『嶋や』の屋形船を呼び、久蔵を誘った。

大川の水の色は、既に深緑の秋色に変わっていた。

嶋やの船頭の平助は、彦兵衛に言われて屋形船の舳先を鉄砲洲に向けていた。

「鳥居耀蔵の野郎が、病を理由に御役御免を願い出やがったぜ」

「鳥居さまが病でございますか……」

彦兵衛は見抜かれるのを覚悟で惚《とぼ》けた。

「ふん、下手な芝居は止すんだな、彦兵衛」

久蔵は苦笑した。

「分かってんだろう。板橋で地回りを皆殺しにした王子の狐の仕業だって……」

「ならば、鳥居さまは狐に祟《たた》られたと……」

「ああ、恐ろしい話よ」

「まったくですな……」

「で、狐は何処だい」

「秩父……」

「そいつは又、遠くに行っちまったもんだ」

「ええ、果たして帰って来るかどうか……」

「帰って来るぜ」

久蔵の言葉には確信があった。

「何故です」

「理由かい。理由は鳥居の野郎がこのまま大人しく引っ込んじゃあいねえからよ」

「やはり……」

「彦兵衛、お前もそう思っていたのかい」

「いいえ。手前ではなく、左近さんがそう仰っていました」

「流石《さすが》は日暮左近だぜ……」

左近と久蔵の睨みの通り、鳥居耀蔵は蘇る。後年、天保の改革を断行した老中水野忠邦の腹心として、洋学弾圧の旗頭として高野長英たち洋学者を摘発する。そして、鳥居耀蔵は南町奉行に就任して『甲斐守《かいのかみ》』となり、『妖怪（耀甲斐《ようかい》）』と恐れられる弾圧者になるのだ。

平助の操る屋形船は、亀島川に架かる高橋を潜って鉄砲洲波除稲荷の傍に出た。

「青山さま、そこの波除稲荷の裏に手前どもの寮がありましてね。潮の香りを肴に一杯、如何ですか」

「そいつは良いな……」

彦兵衛は屋形船を稲荷橋の船着場に着けさせ、久蔵を寮に案内した。

寮には、おりんが風を入れに来ている。

酒と肴は、おりんがすぐに仕度するだろう。

青山久蔵は先年妻を病で亡くし、独り身だと聞いている。

ちょうど良い……。

彦兵衛の頭にそんな言葉が浮かんだ。

秩父の山は、秋色に覆われていた。

お館さまの秩父幻斎は、左近の顔を見て息を引き取った。

秩父忍びは陽炎一人になった。いや、左近を含めれば二人なのかも知れない。

これからどうする……。

左近は遠くを眺めた。

視線の先には、初秋の風が吹き抜ける江戸湊と鉄砲洲波除稲荷が浮かんだ。

廣済堂文庫　二〇一〇年三月刊

光文社文庫

長編時代小説
阿修羅《あしゅら》の微笑《びしょう》　日暮《ひぐらし》左近《さこん》事件帖《じけんちょう》
著　者　藤《ふじ》　井《い》　邦《くに》　夫《お》

2018年11月20日　初版1刷発行

発行者　鈴　木　広　和
印　刷　萩　原　印　刷
製　本　フォーネット社

発行所　株式会社　光　文　社
〒112-8011　東京都文京区音羽1-16-6
電話（03）5395-8149　編　集　部
8116　書籍販売部
8125　業　務　部

ISBN978-4-334-77758-6　Printed in Japan

組版　萩原印刷